ruínas bem-comportadas

hélène cixous

TRADUÇÃO & POSFÁCIO
Marcelo Jacques de Moraes

/re.li.cá.rio/

no centro do centro do mundo

– Para onde vamos?

O livro já tinha começado, eu estava correndo, eu me lembrava eu me esquecia eu procurava: mal eu encontrava, eu perdia, eu desviava, cada vez mais, eu ia seguindo as ruas, eu atravessava as praças na minha mesa iam se amontoando dezenas de pastas, dossiês, blocos, cadernos, sem exagero centenas de páginas, de anos de uma folha para outra eu estava em 1648, em 9, em 1561, em 1942, em 2020, dois mil anos antes de mim portanto depois de mim também, em seguida no alto da muralha de Troia, bem no meio, anotando a conversa de Príamo o divino velho que é parecido com meu amigo Marcel Dulas, ou então é esse basco de cabelos ondulados que é parecido com Príamo, acompanhada daquela infeliz cujo nome não carrego, pois Hélène é o nome da minha bisavó de Osnabrück, Helene Jonas nascida Meyer há cerca de duzentos anos, visto do livro o tempo não tem hora não tem tempo

e enquanto vamos pela praça da Catedral apertando cada vez mais fortemente o passo, como se fôssemos nós mesmas, minha mãe e eu, carros que se lembram de ter sido cavalos, quando minha mãe era a criança que atravessa saltitante diante do Domo diante da parelha da caleche do prefeito de Osnabrück, ouço, creio, uma multidão ou várias multidões gritarem palavras violentas, nas belas ruas tão calmas sob o ar transparente que se lançavam nessa manhã ainda vazias e brilhantes rumo ao rio mais abaixo. Palavras trovejam.

– Para onde vamos? diz minha mãe, a cada vez que Ève centenária e eu pegamos uma enganchada na outra o corredor que leva do quarto dela ao centro da casa, naquele momento a passagem é interminável para a sua idade, para mim o tempo de uma paginazinha. – Para onde vamos?

– Para o centro do mundo, digo. Como sempre.

A foto da famosa casa Jonas em Osnabrück, Nikolaiort 2, foi tirada pelo grande fotógrafo Lichtenberg no começo do século XX.

Sabe-se na Alemanha ninguém sabe onde é Osnabrück. Osnabrück é uma ficção. A cada vez que examino um mapa da Alemanha, eu a procuro. Nos livros – e há tantos no meu escritório, nas minhas estantes, que ela pulula, em mapas, memórias, arquivos, e que ao mesmo tempo que nela me encontro nela me perco, corro por suas praças, suas ruas, suas muralhas – eu a encontro, e a cada vez como nova e lendária desde que Carlos Magno a batizou, e até mesmo muito tempo antes. Como memória conheço todo mundo e todas as datas acesas como lamparinas no templo do tempo

Também que surpresa neste 12 de fevereiro de 2019! Não se trata do septuagésimo aniversário da entrada do meu pai no outro mundo, sequer penso nisso. É a primeira vez que me encontro em Osnabrück Sonho! A casa (aquela que vemos na foto de Lichtenberg, o fotógrafo memorialista da cidade desde a invenção da fotografia) é ocupada pelo Descendente ou pela Descendência. Essa é uma evidência palpável e sem nome. Onde estão mamãe e Omi minha avó? Elas saíram, diz o Sonho. Aceito a situação. Entreguei as chaves. Guardo uma. Penso que precisaria esconder uma, para o futuro. Onde? Não há caixa de correio: este século não tardará para ser sem caixa de correio. Um vaso de flores? Mas pode-se esquecer qual.

É de manhã ou de noite?

Sobre a mesa, uma grande quantidade de documentos e vários envelopes pardos, com fita adesiva, não abertos. Indiscreta, eu gostaria de ler o nome dele – o Descendente – mas ele chega. Homem alto e belo de cabelos espantosamente pretos (será que eu esperava um Descendente esbranquiçado?). Pele muito branca, branco folha de papel. O que me espanta: o nariz, belo, reto, curto, não será então um Jonas? Era operário. Agora escreve, eu o interrogo: – Desde quando? – Veio, diz ele. Eu esperava que ele reconhecesse: quando me leu. Diz: De repente, uma paixão. Digo: sempre há um pequeno deslocamento.

Seres passam. Como na minha consciência dos personagens de ficção ouvem-se os passos deles na escada, eles estão (como) em casa. Todo mundo está nu. Isso eu não quero: vou colocar um lençol em torno do meu corpo. O Descendente vai se deitar. Eu o beijo na têmpora. De perfil ele poderia ter feito pensar em Felix Nussbaum: vemos que está pensando em imagens. Descubro o quarto. Em pleno dia está escuro. Ele puxou as cortinas, fez a escuridão, exceto por um luar, uma lamparina velada rosa. É assim que começam todos os grandes livros, num quarto, um pequeno luar. A palavra, luar, palpita. Aproveito para olhar o seu correio, sempre esse enigma do nome

Saio. A garagem, ou uma espécie de galpão que se vê no campo ao redor, aberta, cheia até o alto de sacos de lona, triangulares, amontoados, espetáculo inquietante, sacos de viagem? ou sacos de ossos? Restos? Ou preparativos para que partida? Está sempre aberta, poderiam roubar?

Na praça ao fundo à direita, vê-se a tropa das operárias, de costas, vestidas com blusas brancas, elas se afastam, parecem meio fantasmas, pegam a Hexengang descem pela garganta estreita, desaparecem, blusas brancas de enfermeiras? ou de parteiras? desaparecem

– É a primeira vez que encontro minha descendência, penso
– É você ao contrário, nariz marcado, diz minha filha, um operário de obra

Vamos segui-las, vamos pela Hexengang. Já que ela me é familiar. Desço rápido com mamãe. Já que nos parece que a seguimos ontem assim como hoje.

No tempo de Osnabrück, minha mãe ainda não era parteira, não tinha a menor ideia disso. Mais tarde: veio. Uma paixão. Uma paixão argelina a meu ver. Em Osnabrück, jogam cento e vinte e sete parteiras na água amarram o dedão do pé esquerdo ao polegar direito ainda em 1641 a coisa-corpo tem a forma de uma mochila com uma cabeça, rolam a coisa e ela cai pesadamente na água, se ela vai a pique é porque é inocente, se volta à superfície, isso é impossível a não ser com a ajuda do diabo, logo é porque é culpada

Parteira diz minha mãe é o mais belo ofício do mundo mas

Há um lugar onde começacaba a História, isto é, a história de uma história, uma cena estreita sobrelevada de cujo alto se vê chegar o futuro do passado, enquanto o passado vem se amontoar numa espessa desordem ao pé da muralha.

Daqui se pode ver reunir-se e resumir-se foi é e terá sido *igualmente* presentes, igualmente inacessíveis e no entanto distintamente visíveis. Aqui se treme de emoção. E de nostalgia.

Aqui não se é mais. Se nasce mais. Se é mais. Não se sabe mais. Se sabe, mas só por sentir, não por saber

Eu me lembro mas é agora, eu nos vejo eu nos sigo de perto, nós somos felizes sem saber, a felicidade é isso, tomar hoje essas ruazinhas estreitas, saborear a estreiteza, quem leva – será uma lembrança?

Eu me lembro, será uma lembrança? Nosso Passeio nos leva em alta velocidade, diante do Domo sem demorar, não entramos na catedral, nem de imediato pelo claustro, em seguida à esquerda duas vezes, até o canto em que pela janela se veem as tumbas no belo jardim de rosas e de mortos – todos arcebispos –, velhas tumbas eternamente jovem jardim rosas que não contam os séculos, aqui dorme a paz, é um sonhozinho no cinturão severo do tempo, em vez disso percorremos cem metros na praça que parece imensa como sempre, vasta esplanada vasta como uma resma de papel branco que bate o pé enquanto espera que as linhas e os signos se coloquem, passemos, tomemos a Hegerstraße voltaremos aqui, passemos a Hegertor, sem reduzir o ritmo, como se estivéssemos apressadas, como se mamãe soubesse para onde vamos, ela vai com o passo firme de seus sapatos,[6]

Como se diz isso em alemão eu não sei, *godasse* é uma palavra para minha mãe, uma palavra com *go* e *god*, com algo de marcial, que sabe para onde vamos, "o dia continua lindo" pensamos, essa é uma frase que diz muito sobre o nosso estado de espírito e sobre algo de exaltante no ar, um sopro que parece pertencer por definição à Cidade, a Toda Cidade,

Entretanto essa beleza é inesperada numa cidade do Hannover geograficamente fria e historicamente regada por alguns rios de sangue e cursos de lágrimas como a genealogia de minha mãe

O tempo lindo e florido acima de nossas cabeças é um sinal, a cada vez que essa frase se ergue é toda a nossa condição humana que se faz lembrar para nós aos suspiros, é portanto esse mesmo tempo que fazia na muralha no canto III da *Ilíada*, de que estou falando,

6. [N. T.] *Godasses*, em francês, termo popular para "sapatos" e que a autora retomará em seguida.

na manhã em que me levantei chorando suavemente, escreve Hélène Alvos-Braços,[7] num sonho em que eu me olhava fiando um grande tecido, eu tinha a intenção de estampar ali os combates entre os troianos a cavalo e os aqueus couraçados de bronze, eu pressentia que era uma alegoria, não era um sonho, era o quadro da realidade, todo mundo estava tomado pelo desejo da guerra cruel, e eu também, eu era cruel e estava angustiada de desejo como sempre, como desde cada uma das minhas infâncias

na lembrança do meu sonho, anotava Hélène, uns andavam sobre os outros gritando como pássaros, os outros avançavam em silêncio, é tudo o que resta do meu sonho, os gritos e o silêncio, que ressoava como a extinção de um soluço furioso, isso é tudo, essas duas ressonâncias contrárias

e logo depois me vejo chegar às muralhas da cidade, reencontro Príamo meu velho sogro que me espera sentado sobre o muro próximo à Torre, e no rosto vetusto respira uma forte curiosidade de criança, o velho senhor me diz: suba aqui e me diga quem é aquele tipo lá longe, muito distante, tamanho maior que o natural uma vez que me parece superar todos os outros por uma boa cabeça, e que tem o porte de um ator de grande espetáculo dos anos 30, prefiro não falar sobre isso, é Agamenon, o cunhado daquela que eu era mas está tão longe, está numa outra história,

ou num outro sonho, "se é que isso um dia existiu", pensa Hélène, a tecelã de Troia, e essa expressão que reflete tão vigorosamente, que abala a vida e a terra, me atropela como um apocalipse, grita como a cena 5 do Ato V na tragédia, essa relação de tremor com o passado no presente, "*se é que*

7. [N. T.] Por razões óbvias, manteremos o nome próprio Hélène em sua versão francesa.

esse passado um dia foi verdadeiro", é Isso a dor, para a qual a literatura faz um leito e um refúgio, se, um dia, esse dia existiu, é claro, era isso o que eu era, murmura a sombra da frase, se – (esse) – dia – existiu um dia,

mas o céu está tão bonito, azul imortal, como o de 1º de março de 1571, dia do aniversário do seu nascimento, quando ele ainda deseja ardentemente escrever o livro completamente nu do eu completamente inteiro e completamente nu, Montaigne entra – para a pequena porção do trajeto que lhe resta percorrer – no volume de um mobiliário refúgio dedicado à pintura, à memória, e que contém todos os livros que meditam sem alarde, ele tem no interior da alma Roma e Paris e todos os tempos,

e do terceiro andar do seu mobiliário ele tem vista para a terra florestal e para o céu extraordinariamente puro e azul,

quando ei-lo no ao-mesmo, então ele imagina, ele concebe em sua alma a Cidade tornada Livro sem lugar sem pedra sem gesso sem madeira toda imortal,

quanto mais o mobiliário interior é estreito, mais a alma vê longe e sem limite, e o céu se tensiona ao rés-do-chão com todas as suas estrelas como num desenho de Kepler, o que não o impede de ser azul como em pleno dia

Voltemos ao nosso passeio, o dia está tão lindo em Osnabrück, é este céu, e seu tecido azul, pensamos, que tem aquela propriedade mágica da cortina de teatro, basta-nos contemplá-la, com a contemplação apaixonada do espia que abraça todos os tempos na escada de *Sodoma e Gomorra*, para ser transportado, transportadas, minha mãe e eu, para as gerações e arquivos de nossas torres interiores e exteriores, o que é estranho, digo à minha filha, é que nasci pela primeira vez do meu pai numa cidade sem torres e sem rio. Depois, eu sempre nascia da minha mãe com torre e rio de uma cidade para outra, diferente,

Se é que podemos chamar de Passeio nossa corrida precipitada, esquecida, que nos leva pela Hexengang, inelutavelmente, para o rio Hase, extremidade e termo do caminho das Bruxas. É tão curto mas é longo. Tem o seu encanto, esquecemos os terrores, sentimos violentamente que vivemos, os pequenos tijolos do pavimento continuam vermelhos, hoje como há quinhentos anos o jogo da luz e da escuridão, a impressão de que o Gang é longo é certamente causada pela variedade sucessiva dos segmentos da ruela, um túnel que dá a sensação de um horizonte muito distante, uma curva, outra, uma faixa da inclinação entre dois muros altos que prolongados por alguns metros dariam a sensação de encarceramento, todos os encantos impressionantes de um labirinto, o desfile modesto entre dois prédios, graves imponentes, à direita do Domo, à esquerda do Gymnasium Carolinum entre a Igreja e o Império, é apenas entre meio-dia e duas horas que a luz do sol consegue se insinuar na escuridão do coração humano. Em vinte metros é a morte. Vinte passos de morte, os vinte últimos. Frau Skiper já estava em estado de morte pré-mortal desde que tinha sido presa e trancafiada e tratada na Bucksturm. Essa torre contém agora um museu dos gritos das em breve executadas. Em média vinte gritos por supliciada, segundo Meister Dietrich, carrasco, que dá os números de 133 + 121 + 44 × 20 gritos, isso dá 5.960 gritos anotados nos relatórios da carreira dele, levando em conta anos sem suplício.

Hexengang, a ruela das Bruxas em Osnabrück.

Se ao menos pudesse falar como o Escamandro, o Hase testemunharia o ultraje e a violência exercidos contra ele, que era obrigado a engolir corpos inteiros de mulheres, um rio tão pequeno e abatido. Mas ele foi reduzido ao silêncio, como o corredor-funil da ruela, como tantos lugares abusados maculados

Lembro-me, e no entanto, na realidade exterior, não fui lá com você em carne e osso, mas com a sua sombra.

– Você se lembra de Frau Skiper? digo.

Minha mãe: – A costureira? Já em 39 ela se suicidou.

H.: – Não, a parteira. Ela foi arrastada por aqui atada dos pés aos punhos já amarrada à escada pronta para ser lançada no Hase para a *Wasserprobe*, e quando Meister Dietrich o carrasco ergueu a escada ela já estava morta, todo mundo viu. Então ele disse que era evidentemente o diabo que lhe tinha quebrado o pescoço, ele apenas lhe quebrou as pernas, não sem esforço e trabalho, *nicht ohne Mühe und Arbeit*, eis a prova. Mas segundo minha mãe Frau Skiper com certeza se suicidou, em 1561, não havia nenhuma chance. Ao passo que em 39 a Frau Skiper costureira poderia ter se juntado à Frau Engers modista, em Amsterdam. Tentamos de todo modo acreditar que o impossível poderia ser possível

– *Ilex*, você conhece? diz minha mãe. Não? Isso me faz pensar nesse pobre homem. O jornalista que ousava ser antinazi em frente à nossa casa ele imprimia à noite seu *Petit Clandestin Libre*. Ilex não era o seu verdadeiro nome, Ilex me faz pensar em Silex sem seu si, no fim ele foi arrastado a chutes e pauladas por toda a cidade com os pés descalços a corda no pescoço e sob a multidão vaiando até o Hase, Omi não queria que eu olhasse, eu estava de visita para o aniversário dela era então abril de 33 e para lhe propor que voltasse com Eri e comigo para Paris, eu não gosto de incomodar dizia ela, era verdade e não era, ela não queria que eu visse o que eu estava vendo, mas Baruth acompanhou até o fim e eu olho, um breve homenzinho cercado por uma multidão, não havia muita gente, todos gigantes, os SA,[8] passantes que sorriem para o fotógrafo, comerciantes, pobre Ilexzinho, *Ich bin Ilex* em grandes letras góticas no cartaz que ele tem que segurar bem alto, ninguém sabia o que quer dizer *Ilex*, fui embora e Omi ficou. Ilex, o

8. [N. T.] Força paramilitar criada em 1923 que deu origem à SS.

contrário de Hitler, disse Baruth no púlpito da Sinagoga e pronto. Ilex quer dizer aquele que não era nazista, nem judeu, nem ariano, só um homem justo diz Baruth e talvez o último ao menos de Osnabrück. Pobre Hasezinho, diz minha mãe. E em 14 de outubro de 35 encontraram Herr Pinkus morto em seu jardim, morto de tristeza, dia 14 era o dia do meu aniversário, Herr Pinkus que fazia os poemas dos nossos aniversários, você se lembra? Foi ele mesmo que se matou, ou foi a tristeza, isso não está claro, é sempre a mesma pergunta e a mesma resposta matam-nos, os rios e os jardins estão cheios de tristezas

siga-me, diz minha mãe, é estranho nos sonhos e nos passeios mágicos ela corre sempre muito rápido à minha frente apesar dos cento e três anos, parece uma cabra e atrás dela eu peno como numa alegoria da "criação" de um texto, que corre à minha frente, tropeço, só penso nos meios de transporte carro, trem, e, ontem, transatlântico, temo que o barco ice a âncora sem mim, mas não é uma alegoria, e sigo minha mãe em suas cidades mitológicas, por aqui é a Schwedengaße, minha mãe diz que era por ali que eu ia ao liceu em 1925 com Toni Cantor a filha do rico criador de aves toda a sua família foi morta ela ainda vive em Israel, em 1925 eu continuava a pensar na Guerra, na véspera meu pai foi se fazer matar no uniforme de soldado alemão e você acha que todos sabiam que estavam suspensos exatamente entre duas guerras e se meu pai tivesse sobrevivido será que teria sido deportado como o seu amigo Philip Nussbaum, primeiro oficial de cavalaria na Primeira Guerra para terminar no completo oposto na Segunda?

os tempos se amontoam, eu pego a Schwedengaße

Eu pego a Schwedengaße, ela também é estreita, no entanto ela afirma que era por seu apertado trajeto que passavam os suecos durante os anos ferozes em que toda a Europa rasgava toda a Europa, para onde iam?, pesados de armas e apressados para comer, a Cidade era devorada crua pelos ocupantes, fome, fome, chego atrás do teatro e me infiltro no claustro onde repousa o pequeno jardim dos mortos, é ali que me sento, como num silêncio de um outro tempo.

O que estou fazendo aqui? penso. O que vim fazer em Osnabrück? A Pergunta não se cansa de me interrogar, fico espantada, o espanto torna a crescer, nunca se gasta, abro sobre os joelhos o mapa da cidade, e percorro a paisagem desenhada resumida com um olhar faminto, como se eu fosse encontrar a resposta nesse mapa, o que aconteceria num conto de Edgar Poe. Ou não.

Não se trata de um "Retorno". Nunca tive vontade de um "Retorno". A meu ver isso não existe, em lugar nenhum e nunca. Ninguém jamais retornará a Osnabrück.

É arqueologia. Trata-se de encontrar o segredo da força dessa cidade, que me atrai e me chama irresistivelmente, como a orquídea atrai o zangão com tanta potência que o narrador proustiano tirará daí combustível o bastante para conduzir uma investigação até os confins do gênero humano. A Cidade é composta de inúmeros lugares encantados. Para os fantasmas é a festa. O triunfo está no ar. É um caso. É como se Tipasa fosse reerguida e reconstruída de maneira idêntica ou Pompeia ou Troia, depois dos últimos bombardeios que a destruíram em sessenta por cento, sucedendo às sete destruições da cidade. Prospera-se às custas da demolição. Alex Café: foi aqui que senti vibrar em mim uma virtualidade de canibalismo. Alex Café tem suas mesas dispostas em nossa praça, em nosso lugar, diz minha mãe, tudo está no lugar de tudo nessa pequena cidade,

um tempo come o outro, aqui mora a família Jonas, e se não existissem as famosas fotos de Nikolaiort 2 ainda vivas no museu de Lichtenberg, fotógrafo memorialista mais fiel que qualquer memória, para testemunhar que aqui se erguia e portanto ainda se ergue mas de outra maneira a casa Jonas Couros e Peles, 1882, quem poderia ver o que vejo enquanto estou sentada numa mesa sob um guarda-sol com minha mãe, e enquanto ela estuda a *Speisekarte*, percorrendo com os olhos linha por linha as páginas do cardápio, assim como ela lê linha por linha os documentos administrativos, para não perder nem uma migalha desse cardápio canibal, absorvida no Alex como uma Jonas na baleia, reparo no discurso sedutor de Alex, o sucessor dos Jonas,

Herzlich Willkommen

In deinem Alex Osnabrück

1-2 Nikolaiort

Reserve para dois personagens no seu Alex Osnabrück

Hoje o dia está tão lindo

Venha passar a pausa de meio-dia na sua querida varanda

E saborear a nossa deliciosa comida

Espero você

Seu Alex que pensa em você

Massa ao molho de vinho branco? No seu Alex como em casa

No coração de Osnabrück situado

Seu Alex é perfeito

Seu Alex é Tudo-em-um Café Bar Bistrorante manhã meio-dia tarde noite e sempre qualquer idade qualquer geração, cães incluídos gastroconceito, na ponta da livre-gastronomia alemã desde e para sempre

Gosto da vida francês Faro alemão é o Feeling do Seu Alex Savoir-Vivre desde as 8 horas da manhã croissants liberdade descontração hospitalidade hundfreundlich

Seu Alex bom para cães

Dezenas, cem, fotos de sorvetes, tortas, pratos do dia e de sempre, centenas, é isso o que nos tornamos digo à minha mãe, uma casa para comer, não longe da Cave, a Gestapo-Keller im Schloß Osnabrück, o outro ventre, conservado no castelo, uma cela estreita e sufocante na qual estão trancados durante todo o dia até vinte e cinco prisioneiros, sempre o amontoamento, até que morra asfixiado o último luar de uma esperança

o que pensam os amontoados, este aqui o que pensa? – na véspera ele estava em sua enorme loja de prêt-à-porter com muito espaço em torno de si na *Große Straße*, e agora o conceito de Grande vasto alto céu ar praça lugar não é mais atual, é a Jaula, uma jangada fechada

quando *A Medusa* naufragou em 2 de julho de 1816, exatos cem anos antes do naufrágio de Michael Klein meu avô, na jangada quem, entre os trancafiados no inferno marinho, começou a comer primeiro o outro, em pensamento, somente em pensamento, eu me pergunto quando e de que maneira vem a figuração da refeição? De acordo com Dante é ao fim de quatro dias, quando se está no subsolo,

o instante em que toda esperança se apaga, se decompõe, e em que germina e vibra o desespero que é uma esperança em suplício, quando é que ele vem?

mas segundo os livros dos mortos os trancafiados amontoados condenados escapam do inevitável pois todo mundo se tornou incomível.

A velocidade com que nos separamos do mundo da vigília, ainda na vigília, eu estava dormindo na minha cama, nós morávamos, a casa estava lá, louça, cortinas, estufa de faiança, se isso um dia foi verdade, e subitamente, diz minha mãe, não há mais sequer "de repente" nem "subitamente", é como se, e não há mais como se, temos por espelho um Cardápio das inumeráveis delícias do Alex com fotos coloridas

se não houvesse os numerosos exemplos recolhidos por Ovídio para nós, não imaginaríamos a rapidez das metamorfoses. Mudamos de espécie e sequer conservamos a lembrança da mudança.

Foi o caso da maior parte das pessoas de Osnabrück que minha mãe conhecia, aquelas que ainda eram alemãs na quarta-feira, e na quinta-feira o mundo se tornou uma Delegacia de Polícia. Tudo é ontem. Na Schwedengaße somos como se jamais tivéssemos sido. Restam os tijolos do pavimento

É o que Ève, minha mãe, deve ter sentido quando numa peripécia imprevista foi trazida de volta para Osnabrück muito tempo depois do fim do mundo. A palavra: retrazimento.[9] Não é absolutamente o retorno de Ulisses. O retrazimento dos expropriados definitivos. Continua a não haver palavra para isso. Apenas uma especificação mental. E o coração sob anestesia.

– Vou tomar um café liégeois, com creme chantili, diz minha mãe. Como se a casa Jonas Couros e Peles nunca tivesse sido aqui, aqui,

O completo oposto de mim. Sou atraída. Não fui enxotada.

9. [N. T.] A autora usa aqui o neologismo *ramenage*, formado a partir do verbo da frase anterior, *ramener*, que traduzimos por "trazer de volta".

Este é o enigma: em que data Ève veio retornar a Osnabrück? Discutimos, H. diz: nos anos 90. Pouco depois escrevi *Osnabrück* que era o nome secreto de Ève 1999. Didi diz: não antes, a prova é a data do casamento dela com Pierre-François meu filho matemático, senhora Karin, nossa dateira, diz: 85. H. diz: 94? Em 94 escrevi que jamais escreverei sobre minha mãe. O arquivista não diz palavra. Palavra não sabe. H. pensa: escrevi assim que Ève retornou. O retorno a, de Ève. O enigma diz: e se você tivesse escrito *Osnabrück* muito tempo, muito tempo depois? Palavra diz: H. não data nada. Nem todas essas datas são verdadeiras. Então Osnabrück envia Martina Sellmeyer, aquela que conduziu as pesquisas em toda a região e além para estabelecer enfim e até você a História Violenta da Cidade, nós a encontramos numa rua, assim como Telêmaco encontra Atena sob a aparência de Tafos e ela diz: 85 ou 86. Protestamos. Karin, nossa dateira, diz sobre a foto Ève parece tão jovem, P. F. diz Ève continua a parecer tão jovem, Sellmeyer diz: o que vão dizer os arquivos de *O Z*,[10] o jornal augúrio de Osnabrück? Fica-se à espera.

A manhã é glacial e encantadora. Em Osnabrück encontra-se muito. Há sempre uma divindade de antigamente. Diante do hospital, o belo rosto de Sellmeyer resume o tempo, ela não é mais arquivista, poderia nunca ter erguido esse magnífico monumento de cor cinza pálido que toma cada vez mais lugar na minha vida íntima, essa pirâmide de papel brilhante cujos tesouros e cinzas eu precisaria de anos para triar

– Peter morreu, diz ela. Diante dessas palavras, choro interiormente Peter Junk. Era um amigo interior, mais

10. [N. T.] Abreviação do *Osnabrücker Zeitung*.

próximo do que um parente, um delegado das ressurreições, e jamais o terei conhecido vivo.

Vim quase tarde demais, penso.

É a terceira primeira vez que venho a essa cidade que não é apenas uma cidade. É uma cidade a que você não para de vir-pela-primeira-vez, penso, e não há outra. Antigamente era a cidade-a-que-jamais-irei. Para minha mãe Osnabrück não existe mais. É como a casa Jonas Nikolaiort 2 em cujo lugar se agita *Dein Alex*, se agita e não imagina que dança sobre uma tumba bombardeada e totalmente apagada. Mas de toda maneira minha mãe retornou ou veio a Osnabrück uma única vez, ao passo que não retornou a Argel e jamais terá retornado a Argel sequer em sonho. O que é surpreendente é que ela retornava com frequência a Barberousse em visão, sonho, evocação, alucinação, como se a prisão não fosse Argel, a prisão não lhe foi tomada, ela a guardou. Como se a prisão, isto é, Barberousse, fosse um território independente, em exclusão interna à cidade, um mundo distinto, um país misterioso reservado aos iniciados, a que minha mãe se apegava como ao seu grande anel, a prisão não lhe foi tomada, ela a guardou,

Barberousse tem algo de franco, pensa minha mãe, é uma prisão que não se renega, enquanto Osnabrück dissimulava sua natureza carcerária sob sua aparência cuidada e por vezes elegante e ela pratica essa duplicidade (assustadora) com ares de nem aí já em 1927, já no último ano do liceu as frases venenosas passeiam pela turma, e já em 1926 e até mesmo antes era notório que o cachecol de coelho de Toni Cantor minha companheira estava cheio de merda judia, uma merda mais merda que uma merda ordinária, no exato momento em que Omi minha avó, tia Meta e Frau Engers degustavam as tortas mitológicas de Leysieffer onde éramos sempre recebidas com um sorriso diligente como o de Circe

Mal se tinha feito o pedido, em 27 ou 28, e já se estava na rede, as malhas se retraem,

Clac

naquele momento minha mãe está muito longe da rede, o que impressiona digo ao meu filho é que não foi em Osnabrück que Ève foi detida e aprisionada mas ao contrário em Argel em plena liberdade

Giro em torno de Osnabrück como em torno do Sol, eu dizia isso com espanto, como uma confissão e uma curiosidade, eu me olho olhar girar seu carrossel enfeitado

você poderia dizer o contrário, diz meu filho, como o Sol em torno da Terra,

o que me atrai é essa mistura de luz e de trevas

o que me atrai é esse mistério da atração

uma cidade tão pequena, diz minha mãe, não tinha sequer universidade, um rio, muralhas, torres medievais, caixas para prisioneiros, árvores, não tinha sequer sinagoga até que meu avô tivesse a ideia, quem acreditaria

– e no entanto eu giro, o que será que faz a força dessa cidade, nem capital nem Veneza, nem Roma,

e contudo é o centro do mundo, o umbigo que me mobiliza

– o centro em torno do qual você gira é ali onde você coloca o que faz o objeto, é objetivo, diz meu filho

o centro, essa é a senha, a ponta do compasso Osnabrück é o centro secreto de uma vasta multidão de fantasmas, mal você passa pela prefeitura e reis rainhas embaixadores, pintores, padres, condenados, horteleiras, camponeses, ditadores, regimentos, juristas, milhares ruidosos, palpitam na praça do Mercado entre Marienkirche e a catedral de São Pedro, é o meu escritório e o meu observatório, e é o meu aguilhão

é por ali que me posto, no cruzamento entre a Krahnstraße, a Große Straße, a Marienstraße, a Schwedenstraße

– nem Paris nem Londres. Nunca nos dispomos no centro, mas para acreditar que compreendemos o mundo, para pintá-lo para construir um livro, isto é, a história da vida, eu preciso situar para mim um centro do mundo. Sem centro, é quase impossível criar. É preciso que a coisa se agarre a algum lugar. Quando passou por Osnabrück retornando de Amsterdam para ir a Weil der Stadt ver a mãe, Kepler não parou. Ele ruminava sua questão central: há obrigatoriamente uma *harmonia mundi*, vou encontrá-la, e percorreu a região, agarrado à sua questão central.

Tomemos Osnabrück: é a ponta ou o ponto panóptico a partir do qual posso observar tudo. É o sol ou Jerusalém ou Roma modelo reduzido. Tomamos uma colina, uma torre, um campanário, subimos uma escada e dali escrutamos, refletimos, procuramos o sentido oculto. Encontramo-nos numa manhã de abril no último andar do Hospital na parte mais alta da cidade como sobre o monte Janículo, faz um sol magnífico. Distinguimos ao longe, mas perfeitamente desenhada, a longa cadeia da Teutoburger Wald cujas sílabas sublimes despertam vagas lembranças épicas, aqui-lá a natureza e a guerra se entrechocaram, creio me lembrar de poemas mas está tão longe e a distância me comove como uma oração: – Você se lembra de mim? – Eu tento. Aguço os ouvidos

Então pensamos: este lugar é único no mundo. E sinto que me transfiro, hoje, para os anos 30 de vários séculos, do I ao XX passando pelo VIII, e em mais de um Relato histórico desde Tácito até 2020 e seus novos arquivos. A cada vez que alguém diz: "Este lugar é único no mundo", é verdade e fico comovida. Cada um tem o seu tempo próprio e o seu lugar sagrado

Cada lugar único foi dado a cada feliz donatário com exclusividade e por doação escrita. E a existência de um tempo próprio para cada observador eleito é o fundamento da teoria da relatividade, diz meu filho.

O encanto singular de Osnabrück reside a meu ver no seu nome tão obstinadamente sonoro. É o som do toque do telefone nos relatos da minha mãe durante a nossa infância em Orã. Tudo começou com esse toque. OS NA BRÜCK é o primeiro telefone e seu fio. No momento em que esse toque tão antigo e tão familiar ressoa, viajo instantaneamente no tempo do tempo. O segredo está nessas sílabas.

– Ouça!

– Estou ouvindo! Desligo e minhas memórias ficam no aparelho, apertam-se numerosas, povoadas para além daquela que mantém o fio, com grande dificuldade tem que ser, agitam-se memórias emprestadas que se transplantam para a minha, se somam, me emaranham, abrigo as da minha mãe seu universo eu conservo, inconscientes tem um estoque aparecem das verdes e das não maduras quando durmo, gosto especialmente das concentrações de tempos em acontecimentos e peripécias imprevistas, pérolas no meu fio, agrada-me estar em 1648 em outubro de 2019, é alegre mesmo quando é assustador, como o presente é rico e animado e palpitante de surpresas, digo ao meu filho – você se lembra do Walhalla? digo, é em Estrasburgo? diz meu filho, em Osnabrück, digo, ou talvez em Estrasburgo-Osnabrück, um hotel romântico datado do século XVII, bom para o sonho e o cinema, tudo pode acontecer digo, estou segurando o fio diz meu filho, no torvelinho da memória as proximidades não são proximidades temporais, é o que constato em meu íntimo enquanto me dirijo vivamente em inglês ao meu anfitrião alemão, o alto e magro Oberbürgermeister de Osnabrück, aproveitando desse momento de almoço tête-à-tête na salinha de jantar semiescura do Walhalla, um cenário discreto modesto elegante, antigo diz minha mãe, para desenvolver meus argumentos pois espero convencê-lo, o Prefeito, das minhas ideias políticas. Trata-se por um lado de assegurar a igualdade e a liberdade absolutas para as religiões e por outro de superá-las, de arrumá-las num canto, de deixá-las dormitar tranquilamente sobre a terra enquanto continuamos frequentando a escola dos astros, pinto a Viagem da coragem para o principal personagem da cidade, precisamos atravessar séculos de pensamentos contraditórios, de vãs lutas assassinas, que vistas da Lua se mostram tão inutilmente violentas e minúsculas quanto um combate entre duas colunas de formigas em torno do cadáver de uma abelha, há assassinatos, atos de canibalismo, dentes que picam e trituram, sinto que consigo suscitar visões nos olhos de Herr G., o enfeitado no qual uma criança começou a brincar nas ruínas grandiosas de um circo talvez romano, os romanos digo tampouco os germanos eram judeu-cristãos e no entanto viviam e reinavam, e de repente, quem entrou atrás de nós na sala, você nunca adivinhará, digo ao meu filho, foi Hitler! não dá para reconhecê-lo, você não acredita em mim?

– Não podia ser ele, diz meu filho

– Era ele, digo.

– É claro que ele não teria sido admitido aqui. No Walhalla

– Era ele, digo. Acredita em mim?

– Se você está me dizendo. Eu acredito em você, mas não sei no que acredito quando acredito em você

– A sala não é grande. Ele passou bem perto. Fungou, e sob o efeito da surpresa, fiquei a ponto de exclamar

– "Você aqui! O que está fazendo aqui?!", palavras idiotas que me lembro de ter soltado em 1985, quando estava atravessando com grande dificuldade o Checkpoint Charlie, dirigindo-me a uma outra celebridade. Foi como se eu estivesse pondo em dúvida a legitimidade de sua aparição enquanto eu mesma não passava de uma aparição entre outras. E ela me respondeu: – O que você tem a ver com isso? Cuide de suas coisas! Em inglês, na realidade. Ainda ouço a célebre bela voz sibilar como uma serpente.

Eu não disse nada. Isso aconteceu em 1926

– E como você soube? Por Ève?

– Foi num romance de Erich Maria Remarque.

Ève não cruzou com ele. Ela gostava de passar pela Bierstraße por causa das casas em enxaimel. Mas naquele verão ela estava acampada na floresta com Otto Rosenthal, para os lados do rio Nette.

– Ele dormiu aqui, num dos quartos, digo. A ideia de que ele poderia ter dormido na minha cama não deve ser excluída.

– Eu só estive no restaurante, diz meu filho.

O que sabemos dos fantasmas?

Neste momento em que faço o relato desse acontecimento, aqui é também diante do Senhor G. por trás de quem Hitler passou há pouco, e se os grandes carvalhos e os pinheiros da aleia de Arcachon se erguem no Walhalla, isso não incomoda. Meu filho acredita que sou realmente capaz de ver Hitler entrar no pequeno *Halle* do Walhalla, um cenário doméstico, reparei que ele não era tão baixo quanto eu tinha imaginado. Primeiro tive o sentimento de que esse fantasma iria macular definitivamente para mim todo o Walhalla. Eu tinha de fato me deixado levar ao ponto de imaginar que o Walhalla era meu, naturalmente, era o meu apanágio, ali onde uma vida começou, uma noite de paixão, um livro germinou, assim como o Hôtel de la Cathédrale de Estrasburgo é meu, nós o adquirimos meu bem-amado e eu por ato de paixão, primeiro nós, depois passei noites lá com a minha mãe, apesar do obstáculo das escadas que sobem para toda parte inclusive os quartos, e como a torre de Montaigne que compramos às escondidas há vinte e cinco anos.

No rosto honesto e aparentemente atento do nosso alto Anfitrião não vi nada. Será que ele sabia que esse hotel charmoso e venerável tinha abrigado Hitler?

É claro que há muitas razões políticas, econômicas, éticas para não alardear o fato de que um fantasma pode resvalar em nós aqui, como em centenas de lugares alemães. Depois senti uma satisfação literária, ficar cara a cara com Hitler no presente em 1926 não me deixa descontente, isso ajuda a dar força aos personagens. Aliás era apenas uma prefiguração, um pré-Hitler, o jeito de fuinha, um meio-terço de Hitler, o que ele era desde o Putsch da Cervejaria de Munique em 1923, isso me fez pensar nos Khmers vermelhos quando estavam na corte de Sihanouk superexcitados com uma arrogância transtornadora. E ao passar por trás do Senhor G. ele fungou três vezes.

Segundo os arquivos, amanhã tem uma reunião dos quadros do partido em Weimar, será por isso que ele fez uma parada em Osnabrück?

H. fica sabendo da presença de Hitler no dia 27 de maio de 2018, um domingo. Ela se pergunta se Ève não lhe disse absolutamente nada, como estava no jornal, ela não lia o *Vorwärts*,[11] porque não desconfiava em 1926 ela tinha dezesseis anos, um primeiro namorado típico sedutor egoísta, mas essa história nos levaria até a ONU

O que pensava a Cidade? Preciso pedir os rastros para Karin, minha dateira

Foi apenas na minha terceira expedição – passei da viagem inocente à campanha cada vez mais meditada, agora vou para lá como Champollion em efervescência só de pensar – que "vi" a Velha Sinagoga, mas não realmente, eu a malvi, vi sem querer e sem tê-la, eu a via e não via, passava na frente, era um caso espantoso de carta roubada, eu sentia uma mancha tomar meu olho direito, eu esfregava, em vão, era pior, a fricção suscitava uma angústia, ganhava totalmente os meus olhos, fico no estado obcecado do arqueólogo do século XX, que pensava encontrar o sítio sagrado da cena originária que seu mestre arqueólogo do século XIX tinha procurado em vão, o tempo passa, percorro os espaços, sinto a pequena ferida amarela no meu olho supurar, tomo montanhas vales marés, envelheço, o fim do século XXI me espreita, com a cabeça baixa avanço batida pela Rolandstraße, como se subisse em Roncesvalles entre os expirados, chega um pensamento para todos os meus amigos deixados pelo caminho ao longo dos anos e cujos nomes se apagam mas não os rostos, ela está tão triste, no final desse passeio penso, vou renunciar, vou tomar um café no Walhalla, procuro e nem sei mais o que procuro, um dia destes farei oitenta e cinco anos penso, no ritmo de Stendhal

11. [N. T.] Jornal diário fundado em 1º de outubro de 1876, órgão oficial do Partido Social-Democrata (SPD) da Alemanha. Deixou de ser publicado em 14 de abril de 1989, tendo circulado por 113 anos.

e Derrida, e então, subitamente como diz minha mãe em seus contos e Homero na *Odisseia*, de repente, está diante de mim, ou eu diante dEla! É preciso dizer que ela mudou muito! Em que Ela se transformou, precisarei realmente de um capítulo para retratar pela escrita e talvez a escrita não tenha a força, os meios de abordar

Então logo abri um novo caderno, precisamente um pequeno caderno de notas de 64 páginas 14 × 10 cm, um caderno ornado com as fotos de dez cadernos de predecessores, na última página, que ela tinha tomado como a primeira, a escrita da minha mãe o inaugura com grandes passos firmes e autoritários assim: 30 de agosto de 2007/ partida Arcachon/ Paris. Tínhamos partido. Em seguida 64 páginas sem nenhuma palavra. 64 páginas de partida em branco. Tomei o bastão onze anos mais tarde, e tudo tinha mudado muito. Eu me lembro assim da minha emoção, era um belo mês de abril, o mês de Osnabrück. Eu anotava detalhes argento-vivo sem esforço, como o músico em êxtase sob a abundância luminosa, eu tinha comigo a inspiração, escrevi o nome desse caderno sobre o fac-símile do caderno de Chateaubriand que acompanha *Memórias da minha vida*, dirigi a mim mesma estas palavras: "começar por pequeno caderno BN 18". Saber que tinha posto ali as primeiras pedras do livro por vir me deu paz e me permitiu atravessar pacientemente todo um ano de desocupações. Víveres para a alma.

Tranquilidade que me foi retirada em 8 de maio, dia de brutalidade em que o meu caderninho deixou de existir. Desapareceu. Todos nós o procuramos por toda parte. Desapareceu. Desapareceu. É uma palavra cruel. Tem faca, maldade, pavor, um ricto do destino, ataca a alma na garganta, derrama raiva e culpa na ferida, por muito tempo, por muito tempo. Desapareceu. Desapareceu. Como Albertine. Desapareceu como Karl Rossmann. Ninguém espera por isso. Tanto menos tanto mais. Aparição suprimida, sequer se sabe quando. *Verschollen* é a palavra não há nenhuma mais justamente estranha para esse pequeno coração de papel que não bate mais, não dá mais sinal de vida, sem endereço, como um morto. Uma inexistência devastadora. Sobre a minha mesa, nas minhas estantes, nas minhas gavetas, na multidão de cadernos, blocos, cadernetas, agendas, ele não está. Nenhuma explicação.

Tive a impressão de perder novamente os meus gatos, os que perderam um pedaço de coração vão me compreender, sentimos uma dor surda amordaçada, Proust diz sofrimento, regelado e contínuo, presente, um implante de frio nos pulmões, ou talvez cada mutilação me arranque novamente os gatos, o quente, o salto

a inspiração morta, é preciso realmente começar a laborar.

Pensei no coma em que caiu Champollion quando não pôde colocar as mãos no caderno em que tinha anotado os três primeiros hieróglifos decifrados, em cujo cabeçalho figurava com a figura de Rá o nome de Ramsés. Ao menos durante aqueles cinco dias ele não sentiu a dor

e em 8 de julho tentei reconstituir alguns fragmentos do desaparecido, com a coragem da resignação

reconstituições

Eu não queria ver a Sinagoga, o quanto eu queria não, eu não a via,

minha mãe tampouco quando acabou se rendendo ao convite da prefeitura, ela não pensou nisso minha tia tampouco, embora o convite tivesse sido enviado às duas enquanto-judias-de-Osnabrück, elas perceberam isso muito bem, era um mal-entendido inevitável, uma dessas interpretações inevitáveis que enganam o historiador de boa-fé, Ève e Eri eram reféns de cortesia de uma honra por erro, chamo isso de quiproquó dizia minha mãe, e é para ela a oportunidade de usar uma daquelas deliciosas palavras estranhas que ela se diverte em lançar no decorrer dos diálogos, dizer: fui ao quinto dos infernos,[12] enquanto quiproquó era um pequeno benefício secundário daquela aventura excessivamente complicada

ainda mais que ao contrário de Henrique IV, que tinha interesse em pagar Paris em missas, ela pessoalmente não tinha qualquer interesse em pagar algo por essa cidade, muito menos o preço de um ofício religioso.

12. [N. T.] No original, a expressão é "aller au diable vauvert". Segundo o dicionário Littré, Vauvert é o nome de um castelo cobiçado por monges cartuxos que teriam organizado a aparição de diabos por ali a fim de convencer o rei Luís IX a doá-lo a eles.

– Não pudemos recusar, diz ela

– Vão dizer que os judeus ficam criando caso, diz Eri

– Não diga isso, diz minha mãe-a-irmã-mais-velha, *filo*soficamente não se pode *recusar* um convite vindo de corações desconhecidos e inocentes, tem que se submeter e se calar. Se te dão, pegue.

– Uma vez nos enxotam, diz Eri, depois nos enxotam no sentido contrário, obedecemos, obedecemos,

– Eu não fui enxotada, fui embora em 1928, até fiz minha mala.

Minha mãe foi embora e minha tia acompanhou.

– Iremos *sem* ilusões diz Ève, sublinhando "sem". Isso ela também ordena à irmã: SEM ilusões

Escrever *sem*, trinta e cinco anos depois da injunção da minha mãe, me leva a refletir.

– Mas eles acreditam que nos enxotaram, diz Eri, se não foram eles, foram os pais deles, são essas as ilusões *deles*, mas eles enxotaram a nossa família, diz minha mãe, iremos pela família, e lhes diremos: viemos pelos mortos, sob os nossos nomes intactos, dezenas de mortos caíram em cinzas, pelo menos cem diz Eri, tenho sete primas a quem disse venham comigo, primeiro a Paris depois a Orã, uma me acompanhou, as outras não me acompanharam, todas mortas, eu sempre fui embora antes de ser expulsa diz minha mãe, eu sou livre. – Isso não diremos a eles. – Não diremos absolutamente nada a eles. As coisas vão se complicando. Executar, se calar e deixar zurrar.[13] Como é que se diz isso em alemão?

13. [N. T.] No original, trata-se de um provérbio: "Bien faire, se taire et laisser braire". Um possível equivalente em português seria "Os cães ladram e a caravana passa".

– Nós não íamos à sinagoga, diz Eri. – Isso não diremos, diz Ève. Aliás Baruth, o rabino suplente, morava em nossa casa. Foi Onkel André quem o convocou. Um rabino de substituição. No lugar de rabino algum, já que nunca houve nenhum em Osnabrück. Substituir era o destino dele. Um substituto que também substituía Deus. Não sei mais onde ele tinha perdido a fé, talvez na guerra, justo no momento em que deveria ter se agarrado a ela numa trincheira. Seu truque para substituir Deus durante os ofícios era recitar para si mesmo Baudelaire em francês. Dava-lhe ares. Iludir era bom ou ruim? Enquanto não houvesse ninguém para substituí-lo

E foi assim que minha mãe e a irmã foram a Osnabrück em substituição. – Substituímos os mortos. E substituíamos a nós mesmas diz Ève.

Havia uma Sinagoga sem rabino. Que bela Sinagoga! Se a víssemos, acharíamos que está cheia de judeus. Uma jovem Sinagoga construída em 1906, naquele tempo quem presidia o Consistório era Abraham Jonas, o pai de Omi minha avó, o homem de olhos azuis penetrantes ou persas.[14] Em Borken, era Oskar Löwenstein quem tinha sonhado com uma Sinagoga até que ela deixasse de ser uma Fata Morgana para tornar-se um poderoso edifício de pedra. Finalmente todo o mundo dos homens da família sonhava em construir uma sinagoga e a fé seguia, cambaleando ou não. Nas fotos ela é imponente, com um vasto peitoral e um olhar que não nos abandona. Terá sido uma bela e breve sinagoga. Um templo breve. Duração da ilusão: trinta e dois anos

14. [N. T.] No original, jogo de palavras com os termos homófonos: “perçants ou persans”.

A meu ver a Sinagoga-sem-ilusões, a que me comove e que compreendo, é a da Carcaça. A Aparição majestosa do espectro fumegante em novembro de 38. Um fantasma espetacular como o rei Hamlet assassinado que a fogueira aumentou. Antes da morte violenta, éramos menores, mais atarracados. Ficamos elevados com as chamas. Aqui se sente o cheiro acre de Deus. E não há mais ninguém para duvidar ou para crer. Reina uma solidão divina. Nada a ver com o tumulto dos deuses, quartos de deuses e deuses e meio que se hospedam no Walhalla.

Isso é uma verdadeira Sinagoga. Eu a reconheço. Posso passar horas diante do quadro como diante do *Boi esquartejado*. Ela está aparentemente nua por inteiro e em ossadas mas se observarmos bem sua caixa torácica, naturalmente enegrecida, vemos desenharem-se os degraus de uma escada que leva ao andar que não existe mais, mas se não tivermos medo das piruetas visuais nos veremos agarrados à estreitíssima borda que contornava a Sinagoga em três lados, uma borda que mal chega a dois dedos de largura, segundo as mulheres que erguiam os olhos durante as rezas, entre as quais as cinco senhoritas Gittelsohn, as filhas do *Kantor* e Mohel Elias, um bom companheiro que tinha compaixão pelos sofrimentos de Baruth, e minha mãe e a irmã, que só vinham à sinagoga para dar apoio moral ao Substituto, quando esse Pobre-Baruth, dizia minha mãe, era obrigado a fazer um sermão, uma infelicidade ligada ao fato de que Baruth não ousava dizer a cruel verdade aos representantes da comunidade e principalmente a Onkel Andreas Jonas que assinara para ele o funesto contrato de 1931. Ele é honesto. Será que espera um milagre, daqueles que se veem nos livros quando se reza até que a fé acabe movendo? Mas devia ter sido escrito que tudo acabaria mal assim que Baruth estivesse a bordo da Sinagoga. Pois não há ninguém para substituir Elias Gittelsohn, cuja morte cai mal em 1931, ninguém podia fazer de outra maneira, ele será alimentado-hospedado na casa da irmã do responsável abaixo-assinado Andreas Jonas, a viúva Rosalie Klein, a comunidade diminui de ano em ano, não é que ele a faça fugir, mas não sabe retê-la, a Sinagoga cresce, custa cada vez mais caro, Baruth emagrece, se estica, se achata, empalidece, fica amarelado, apenas o bigode permanece espesso e preto, a ilusão o rói, ele pensa em fugir para a Palestina e o que você acha que ele faria na Palestina, sua ideia é ensinar hebraico, seu sonho traduzir Baudelaire para o hebraico. Naquele momento desaba a tempestade e todo mundo pensa que não é impossível que a sinagoga termine celeiro, a não ser que se encontre o culpado secreto que causa tamanha ira dos elementos. Um drama.

Segundo minha mãe, quando Baruth subia no púlpito agarrando-se à grade, as jovens riam e tremiam de ansiedade, segundo ela ele morreu por isso. Na última vez, quando minha mãe veio buscar Omi em 1935 e em vão, ele se parecia com o animal gentil e selvagem que se entocava na sinagoga no lugar de Kafka. Uma espécie de doninha. Uma metamorfose da espécie classificada sob a etiqueta de Rabino Malogrado. E se Andreas tinha assinado o seu contrato de *Prediger* substituto foi porque sob os Couros por atacado Onkel André escondia um poeta malogrado, ele tomava emprestado da minha mãe Baudelaire em francês.

Conheço pessoas que atraem o azar, diz minha mãe. Sabe-se que Felix Nussbaum com quem ele falava da questão-de-crer-não-crer fez o retrato de Artur Baruth quando se encontraram em Berlim em 1930. Esse retrato naturalmente desapareceu. Segundo Artur, Felix o tinha desenhado com um funil na cabeça no lugar da quipá. Segundo minha mãe, Baruth terá extraviado esse desenho, um homem encantador mas nascido para perder, a começar pela crença em Deus, e depois a fala, uma vez foi sua bolsa de mercadorias no tempo em que era vendedor ambulante malogrado, e naturalmente seu caminho para ir à Sinagoga saindo da Nikolaiort, não tinha ninguém por perto quando ele morreu, Omi estava em Dresden, eu estava em Paris,

Embora totalmente fictício, Artur Baruth está registrado nos arquivos de Osnabrück. Encontro seu rastro no imponente volume edificado como um monumento memorial, chamado *Stationen/ Auf/ dem Weg/ Nach/ Auschwitz* por Peter Junk e Martina Sellmeyer, na parte intitulada "*Die Opfer*" subtítulo "*Zum Gedenken – Eine Personal Dokumentation*", que se apresenta como uma lista de estado civil com fichas estabelecidas para cada *Familie*. Baruth está lá, no fim da página 267, sem família. Ele faz o seu papel. Nascer (1904, Posen). Morrer (1936, Osnabrück). Entre os dois, residência, *Wohnung*: *Nikolaiort 2*. Ninguém mais no mundo se lembra dele.

A ilusão Baruth durou trinta e dois anos. A idade da Sinagoga.

Na vida, um infeliz, um desses seres trágicos modestamente.

Na literatura ele tinha todo o seu lugar. Encontramos Baruths em Dostoiévski e em Tchekhov. No final ele se tornou um personagem inesperado e de certa importância numa peça de teatro que tive que chamar *A história que jamais se conhecerá* para dizer a verdade. Sem que eu jamais tivesse consciência disso e até hoje, Baruth, o personagem, é o próprio emblema deste tema angustiante e paradoxal: ninguém-jamais-conhecerá-a-própria-história. O que fazia ele ali, de repente, na corte dos Siegfried e Gunther, esses reis dos países nórdicos, precursor ou ao contrário lento retardatário das errâncias judaicas, arquivista e colega do grande Snorri Sturluson, ele próprio poeta das *Eddas* e autor de todas as histórias das Vidas da História que jamais serão conhecidas? Fatalmente como quando acaba em 36 antes de conhecer o fim da História e logo a História, ele é morto por erro e azar, pelo seu amigo íntimo o poeta. Como o nosso Baruth morreu antes de todo mundo, e antes da Guerra – mas já é a alta temporada do nazismo – Baruth o personagem é o primeiro a morrer antes do fim, como se também tivesse perdido a vez. Sempre essa maldição do quiproquó. Um personagem na realidade como numa peça de teatro. Vem-me à mente que Baruth, o da minha mãe, era e portanto é um personagem sob cujos olhos a realidade é um teatro no qual ele perde todas as esperanças e até mesmo a ideia de sua meta.

– Ele tinha um bigode de que eu não gostava muito, cerrado e sempre com uma migalha agarrada, diz minha mãe. Não toque no bigode! dizia-lhe Omi a cada refeição. Quando Hitler chegou, Omi aconselhou-o a não disputar o bigode com aquele louco. Ele teimou, tudo pelo bigode.

Mas Ève guarda na prateleira da sua cama um belo volumezinho encadernado de *Versos escolhidos das "Flores do Mal" – Insel Bücherei Nr 119*, oferecido em 15/2/1934 com uma dedicatória em francês perfeito, Para a minha Ève/ Para o meu sonho/ Que semeia/ De estrelas o meu coração.[15]

– Ève sempre falava disso com uma derrisão angustiada diz minha filha

– Era um apaixonado malogrado digo

15. [N. T.] Alusão ao poema "Le Serpent qui danse", de Baudelaire: "Un ciel liquide qui parsème/ D'étoiles mon cœur!"

– Um homem totalmente sem futuro diz minha mãe
– Há inúmeras fotos de Artur Baruth nos álbuns dos anos 30, digo. Ele enviava para ela suas fotos de identidade. Ela as guardou. Há muitas em diversas partes do álbum. Fotos enquadradas, sem contexto, sem arredores, portanto sem país, sem passado, sem lugar.
– Quem é? diz meu filho. Esse tipo que se parece com Benjamin jovem usando o bigode do *Ditador*.

Será que Omi minha avó veio ver a Carcaça? Nunca pensei em lhe fazer essa pergunta. Quando ela chega a mim tão tarde, e pousa no papel como uma pomba enegrecida, dou-me conta de que eu teria gostado que ela tivesse ido lá, ideia fútil, insensata, ou o seu irmão Andreas, ou alguém da nossa casa, ou alguém, que tivesse se abaixado, que tivesse apanhado um pedaço do cadáver, que tivesse recolhido uma ossada, não há mais um livro, mas um pedaço de madeira, de estala, não há mais talit evidentemente, algo vivo, ideia estúpida, infantil, pagã, romanesca, mas que ao menos me permitiu por um instante, o instante desta página, acariciar furtivamente esse esqueleto pelo qual sinto mais do que ternura. Não há relíquia. Resta a foto.

Frequentemente vou ver o retrato da Carcaça. Parece uma montanha fulminada. Parece Hope, aquela orangotango que os aldeões perseguiram nas ruas de Subulussalam, ela fugia com os seus filhotes, uma fuga que se tornava mais pesada, mais lenta por causa dos filhotes, até que ela perdeu um, depois outro, sob as perseguições, os boicotes, as prisões, os insultos, as violências, as pauladas, os tiros, depois outro, depois em 38 eles lhe furaram os olhos e a regaram com gasolina, há fotos, veem-se na sua figura mortalmente triste dois olhos apagados, a rosácea explodiu, os vitrais laterais desabaram em feixes de estilhaços, sobre o lintel acima do arco da cúpula havia as palavras do salmo 113 gravadas em grandes caracteres hebraicos do nascer até o pôr do sol que o nome do Senhor seja louvado, nunca a face da Sinagoga moribunda e morta se pareceu tanto com a expressão de incompreensão infinita, de solidão espiritual que Hope dirige ao sol que se põe eternamente. Quando vi o silêncio dos dois olhos da orangotango chorei. Ela estava crivada de setenta e quatro projéteis. A lapidação do cadáver continuou enquanto ela ainda queimava. O todo em apenas algumas horas

Eu me pergunto quem poderá analisar, e com que instrumentos, a rapidez excepcional do assassinato, o prefeito estava apressado e apressava os cidadãos apressados, o gozo hiperagudo mas breve como a queda de um meteoro, "para não incomodar" pensaram os vizinhos da Rolandstraße

Deixaram o corpo exposto por um dia inteiro. As fotos que imortalizam o cadáver do animal não captam o pavor suscitado pela louca rapidez. Na verdade, aquilo não podia acontecer no decurso de um tempo familiar. Estava-se no inferno, na intolerável vertigem do tempo infernal

Sempre que vejo o retrato da Carcaça fico em silêncio como diante de uma múmia cujas bandagens foram retiradas, penso nela, no seu desamparo milenar, tenho certeza de que há alguém sob essa forma forçada que ainda sofre, mas não digo nada, é problema meu, as ossadas têm milhares de memórias invisíveis, estou aí para dar testemunho disso, não se pode colocar esses murmúrios mudos numa foto, mas se pode receber as mensagens pulsáteis.

Na realidade eu não fui em 2015, sequer pensei em não ir digo à minha filha, sequer sei o endereço, sou do partido de Baruth o rabino de espírito sem sinagoga. Contudo entre

1931 e 1936 ele substituía a si próprio e ninguém o enxotava, os fiéis por sua vez talvez fossem "assimilados" ou "liberalizados", pode-se vê-los no quadro de Felix Nussbaum, que ele fez como uma foto desde o átrio bem aberto da sinagoga. A maioria dos homens que permanecem de pé entre os dois vãos são senhores de cartolas lustrosas ainda se usava isso nos anos 20 aqui como em Paris ou Berlim. Os senhores reformados estão voltados para o altar. Mas Felix e seu velho amigo o *Kantor* Elias Gittelsohn, que são os heróis dessa sequência, estão saindo em enorme formato da Sinagoga. As cabeças dos que estão saindo atingem as alturas da galeria em que se vê que não se vê nenhuma mulher. E o título desse quadro é *Os dois judeus, os que estão saindo da Sinagoga interior.*[16] – Em 1926, diz Ève eu já pensava em ir embora para a Inglaterra, no sábado *I practised my English with Otto*, em 28 ele vai para Nova York e eu para Londres, em 26 Felix Nussbaum pintou de escarlate o interior dourado ornamentado de onde o pintor sai. Mais tarde ele não pintou o esqueleto da noiva judia depois da fogueira. Isso não se podia representar. Alguém fotografou o Animal violentamente esquartejado, à direita do portal cego, com o peitoral escancarado, a caixa torácica enegrecida, plantado num túmulo de escombros, um poste exibe um cartaz quadrado de um branco que brilha sobre o fundo de fuligem coberto de rastilhos de pedras e calcinações, é em vão que tento decifrar a inscrição em preto sobre branco, alguém tremeu ao tirar a foto ou foi a fumaça que embaralhou a mensagem. Os outros éditos que de repente se erguem na cidade escrevem ódio e *Rache*. Eu gostaria tanto de saber quais foram as últimas palavras que expiraram

16. [N. T.] O quadro é conhecido com o título *Os dois judeus*.

diante do resto do antigo palácio de proporções altivas. Os construtores de 1906 viam um futuro tão próspero quanto o de um patrono saído do Egito, Andreas Jonas não era um aventureiro de negócios como Moritz e Salomon seus irmãos da África do Sul, a ambição do poeta era honrar a cidade que tinha concedido a hospitalidade ao seu pai Abraham, pela primeira vez desde o século IX

Nessa quarta-feira 11 de abril de 2018 certamente não me vinha à mente a ideia de ir ver uma sinagoga

assim desde a terça-feira 10 eu quis ver a Rathaus que eu não poderia ter visto de perto em 1648 nem antes, nem depois, antes de 1881 eu não poderia ter posto um pé dito judeu mas nos anos de agora, os anos 16 de um outro século, tenho o pé autorizado, e o nome dito judeu recebido no livro de ouro entre os nomes dos dignitários, reis ministros homens de negócios embaixadores, homens políticos desonestos, personalidades suspeitas, toda uma distribuição shakespeariana nobres corações e *viscidadãos* misturados e quase nenhum artista. Um resumo de papéis. O que me comove nesses degraus de pedra e nessas sóbrias salas é que levam ao Tratado de Paz, é o monumento à força mais forte que as paixões de ódio humano, ao estranho leite da vida, ao princípio da imortalidade, à obstinação dos átomos de se dizerem sim, à pulsão sobre-humana de recomeçar e reacomodar, de reanimar a carne depois dos ossos, o que me satisfaz é que esse monumento à Onipotência livre e independente dos desejos de salvar a vida e das forças das religiões é uma modesta caixinha cheia de deuses e de sonhos, de imensidões interiores, exteriormente não mais alta do que uma torre de prisão. Milhões de pessoas sem nome pagaram com o próprio sangue para comprar esse cofre minúsculo que contém a ideia de paz. Dentro tudo é limpo e calmo e pequeno como a jangada imaginada por Vinci com base no modelo de uma arca, minha mãe jamais me falou disso, ela não gostava de História, nada além de guerras e de massacres de populações, e a paz não passa de uma ilusão, é a guerra esgotada, declara-se a paz e é sempre uma decepção

– durante vinte e cinco anos eu era alemã sem ilusões, mas já em 29 pedi a nacionalidade francesa, não durou, em 41 acabaram com as nacionalidades, seu pai não esperava não me espantei, não tivemos tempo de nos tornarmos autóctones, em Osnabrück os judeus de Hannover se iludiram em 81, 1881, não durou, diz minha mãe

minha mãe jamais pensou exílio, ela não pensava "guardar", "nostalgia", a palavra "pátria" jamais, nem persistência nem o contrário, ela pensava viagem, as malas, sem casas em vez de casas memórias cheias de lembranças inalteráveis, o único lugar que fez teto, raiz, genealogia, porto, em seu tumultuado curso com corredeiras, foi A Clínica. Uma zona fronteiriça em que se apresentam milhares de recém-nascidos, felizmente ainda sem nome sem documento sem certidão fatídica, ao menos por alguns dias, sem tribunal

Ao final do relato ela me fazia pensar numa tartaruga cuja carapaça foi roubada.

Leio o Livro dos livros de Osnabrück. São tantos, mandei construir uma biblioteca desde que compreendi que Osnabrück é um livro que minha mãe me deixou para ler e escrever.

Isaías diz a Montaigne numa conversa espiritual: – um livro foi dado a alguém que sabe ler, e que dirá: eu não posso ler. – Eu leio, faço de algumas cidades o meu livro interior,

Roma e Paris, que tenho na alma, Paris que imagino mas não Bordeaux, Paris eu imagino e compreendo, diz Montaigne, sem grandeza e sem lugar, sem pedra, sem gesso e sem madeira ali me encontro e ali me perco, sou como o meu cachorro que gane e sonhando desperta em sobressalto quando percebe algum estranho chegar, esse estranho que a alma vê, e que é um homem espiritual e imperceptível, sem dimensão, sem cor e sem ser. Às vezes pulo um bairro, espiritualmente. Meu espírito também arqueja ao escalar o topo dos campanários.

É da mesma maneira que Montaigne lê Paris que leio Osnabrück, na realidade e espiritualmente. Com frequência pulo um capítulo. Por exemplo, eu pulava o capítulo Sinagoga. Uma vez me vi em meu carro na parte baixa de uma rua tão oblíqua quanto um penhasco, com meus filhos e Karin, minha dateira, a pequena Ève (é o nome do meu carro) não tinha força, impossível a escalada. É a Bocksturm, lá em cima, diz Karin, a prisão inaugurada em 1302, durante todos os Tempos Antibruxas, os séculos XVI e XVII, a torre servia como Supliciório, hoje não se sabe mais que andar servia como prisão, que andar servia como Supliciório. Se o térreo, que não tem porta de saída, servia como masmorra, isso não nos foi transmitido, diz a minha dateira, cujo francês é cintilante. Ela acha a palavra "*oubliettes*" mais interessante que a palavra "*Verlies*".[17] Levada pela força da curiosidade, coloco o pé no chão, pego o carro na marra e começo a escalada vertical. No alto, a porta bem defendida visivelmente não está esperando ninguém. Batemos. Jeito espantado da porteira com cara de hoteleira asiática. Eu mesma não sei

17. [N. T.] Palavras que designam "masmorra" respectivamente em francês e em alemão.

o que fui fazer ali. A salinha sombria – será a prisão? ou o asilo? – está povoada de mulheres insensatas, no gabinete da direita uma mulher imensa com uma abundante cabeleira loura, sentada numa cadeira de madeira bem alta, expõe os seus cachos espessos ao sopro de um ventilador, de tal modo que a cabeleira se infla como as velas de uma embarcação, é a diretora a meu ver ela também tem sua loucura. E eu também, penso, quem quer que visse os meus sonhos projetados numa tela poderia pensar que sou louca. Que não estejamos no século XVII nem no século XX é a minha sorte. Um pouco mais cedo, eu seria detida e trancada, a não ser que tivesse tomado a dianteira e pegado minhas malas bem em tempo, como mamãe.

O que admiro em Osnabrück-na-realidade é que nada se moveu, os Avisos permanecem hoje como no tempo dos príncipes-bispos e dos imperadores. O visitante avisado, meu filho, nota a ausência total de cartazes publicitários na cidade do século XXI. É essa estranha virgindade mural que faz da cidade uma verdadeira ficção.

Na cena da Decoração, que ocorre na Sala de honras e de ratificações da Rathaus, sob os olhos eternos e mobilizados dos quarenta e oito soberanos e representantes de soberanos signatários do Tratado mais exaltante e promissor que os primeiros passos sobre a Lua, aqueles senhores do mundo quando vivos, comandantes da vida e da morte dos povos, agora reduzidos enquadrados em madeira dourada e testemunhas da sequência interminável de falsos progressos da Paz, no decorrer da qual, diante do mesmo público em 2018 e em 1648, nada muda,

quando o Oberbürgermeister, um ator imponente, em trajes de época, com a graça e a dignidade de uma das figuras dos quadros, me concedeu a medalha da cidade, isto é, a chave da memória e portanto da porta da história turbulenta e multimilenar dessa Pólis tão antiga quanto uma religião,

a venerável medalha caiu três vezes no chão, ora era ao prefeito, ora a mim, que ela escapava, numa peça de Schiller ou Shakespeare isso teria sido percebido como um sinal do destino, mas era na realidade, rimos, éramos banais,

eu disse que esse acontecimento, o inesperado exemplar de que fala Derrida, essa surpresa, essa desordem no curso estabelecido e regular das coisas municipais, esse desvio para fora da tradição mas provisório como um sonho, essa concessão de diploma a uma estrangeira, o que explicaria a queda repetida do objeto,

é o resultado de um surpreendente feixe de sortes e de acidentes, começando por essa estranha astrológica das datas, esse acordo imprevisto das genealogias entre mim e a Cidade que não se deve deixar de sublinhar:

num primeiro tempo há oitenta anos a Cidade despertou assassina carrasca incendiária possuída, sede das crueldades e das pulsões primitivas, estação do ódio e da horda, glorificando-se por sua maldade

num segundo tempo, exatamente o contrário, a Cidade acorda como os pássaros, ela canta, é acolhimento, hospitalidade, calorosa como um bando de franciscanos, ela corre as ruas saltitando, as árvores florescem, as varandas de café, as feiras, as lojas, os museus, as escolas, os teatros, a municipalidade, os partidos políticos convidam, não há extrema direita, é portanto uma comédia, é um conto de fadas, no final a vida triunfa, Ferdinanda se casa com Miranda, o Oberbürgermeister celebra os casamentos homossexuais, Mordecai é xerife, eu não digo tudo isso mas imagino, digo que este ano posso realmente gostar da nova Friedensstadt, não vim nem cedo demais nem tarde demais, se pudéssemos parar o relógio do relato, é o bom momento. O dia está perfeitamente lindo.

– Ande, diga logo, diz minha mãe.

Então eu digo que ninguém sabe em que Osnabrück terá mudado daqui a oitenta anos. Tenho o amor preciso e cravado.

Minha mãe não terá podido amá-la: ela tinha nascido em 1910. Foi embora justo antes de detestá-la. Da África do Norte era possível manter-lhe os encantos, penso subindo a Krahnstraße. Naquele momento a música dos sinos se espalha bem acima dos velhos telhados, como uma onda de juventude sobre as belas velhas fachadas, eu as reconheço e as saúdo, são as que encantaram minha mãe, com o seu timbre de moças cortejadas pelos ardentes românticos alemães.

Reúno. Tudo o que fazia minha mãe, tragédias e comédias misturadas, o liceu e o rio, as excursões na floresta, ela tem saudades dos sinos e jamais houve outros, o prazer de ser uma jovem, o prazer de experimentar os jovens, de pesá-los, medi-los, despachá-los, o prazer de sonhar em ganhar o mundo, de ser livre e nunca funcionário, de fazer das línguas estrangeiras países familiares, sem esquecer sem não esquecer, os nazis não lhe interessam,

quem sabe o que será disso em 2098 me ocorre em 2018, me interessaria saber, penso nesse dia de abril em que aceito a medalha que leva o nome de Justus Möser, se posso ainda guardá-la, ainda um pouco, ou quando a tiver devolvido, em que ocasião grave, se a tiver devolvido, quando aceito sem grado dividido essa medalha que Remarque evitou, depois ele acabou por *aceitar aceitá-la*, enquanto eu simplesmente a aceito em 2018, ao passo que em 1963 ele tinha finalmente aceitado não recusar a Justus Möser, mas já em 1952 eu tinha acompanhado Omi minha avó no sentido contrário pela primeira vez na Alemanha depois na Argélia, em Colônia, a coisa era não ir a Osnabrück, onde não há mais de modo algum lugar para um homem-se-isto-é-um-homem, desde o auto-de-fé de 1933, uma honra para ele mas no avesso dela o corpo dele foi calcinado na fogueira na praça da Catedral sob a forma do seu livro, onde, depois de ter sido decapitada por "decomposição da Força Armada", "*Wehrkraftzersetzung*", sua irmã Elfriede, assim condenada na velha tradição do tribunal de Osnabrück para as suas bruxas (as de Osnabrück têm a reputação de poder castrar o homem à distância pela força do pensamento), executada e mais tarde transformada em rua, Elfriede-Scholz-Straße, um exemplo da extraordinária fraqueza supersticiosa desse Reich, escreve em seu diário Remarque, que não esconde que se sente ameaçado de aniquilamento por algumas poucas palavras de uma costureira, que aparentemente não pertence a nenhum movimento político, a nenhum grupo social, a nenhuma igreja, que está instalada por sua própria conta há apenas um ano, que só pertence ao bom senso mas confessa sob tortura ter dito a uma cliente "eu não acredito que ele vai ganhar a guerra" enquanto descosturava a bainha, a prova para o Tribunal do Reich está na bainha como se vê em vários casos nos Arquivos dos Processos de Bruxas conservados na Torre em Osnabrück

acrescentemos a isso o banimento de 4 de julho de 1938, a extirpação da sua pessoa para fora do Corpo Cidadão, isto é, o banimento total, perpétuo e irreversível, a sentença de morte sob pena de morte, uma sentença de excisão a que Shakespeare tinha tomado a precaução, no caso do banimento de Bolingbroke por Ricardo II, de impor um limite, a fim de que a História pudesse continuar a se desenrolar no palco,

assim por meio de mil ofensas viciosas, violências, crueldades ainda vivas, toda a cidade está para ele para sempre profanada e envenenada – tomemos um exemplo concreto: será que ele deveria passar pela rua Elfriede-Scholz, isto é, andar sobre o corpo da irmã, com ou sem cabeça, ou evitá-la? –, será que deveria fazer um discurso sobre o problema dos supliciados metamorfoseados em ruas ou em praças? Não se pode manter silêncio, deve-se manter silêncio

enquanto em 1963 ele não tinha aceitado aceitar mas deixado de se recusar a receber, não em Osnabrück, mas em seu território, uma embaixada de onze cidadãos em seu quarto – entre os quais o Prefeito cinco senadores e conselheiros um célebre jornalista da rádio de Osnabrück um fotógrafo dois repórteres – , com a condição de que fossem respeitadas sua regra de mutismo e as orientações de um encontro reduzido a uma troca de sinais breves: a delegação entra, coloca a pesada medalha sobre a mesa de cabeceira, nenhuma palavra pois tudo soaria falso, e sai. O autor reserva-se o direito de escrever uma narrativa intitulada *O Tratado de Osnabrück*. Por meio desse tratado terá ele próprio suspendido o banimento da cidade. Morrerá para sempre banido e fiel à sua fatalidade fora-da-comunidade. Em seu diário ele anota o resumo desse acontecimento: "Mandei servir-lhes *foie gras* de ganso, salmão defumado e champanhe."

– Era isso o que eu pensava cinquenta e cinco anos depois da concessão da medalha Justus Möser a Remarque sem a qual eu não teria aceitado essa ilustre medalha de percurso agitado, naquele momento o Oberbürgermeister ou eu, ou os dois, deixamos cair no chão diante do atril o pesado objeto de honra. Pela segunda vez, eu ri, ela está enfeitiçada penso, ela não quer, ela rechaça

mas quando foi a vez de meu pai ser extirpado dois anos mais tarde, minha mãe não se espantou, a nacionalidade francesa é amovível como a alemã, ela constata as variações caprichosas das leis e das cronologias, ela própria fez seus estudos alemães enquanto alemã nesse meio-termo republicano alemão, só o tempo de ter o seu diploma de ensino médio, depois o tempo de domar a língua francesa, de se abastecer com os inúmeros volteios idiomáticos, um esporte tão excitante quanto explorar as bancadas das feiras de Orã descobrindo vegetais exóticos, uma escala no jardim do Éden, pode-se acreditar que se chegou lá, "sou eu essa jovem que resplandece sob o guarda-sol" pensa minha mãe sobre as fotos loucamente inocentes na praia sem idade de Orã, só o tempo de banhar de ouro e de sorrisos a minha consciência de dois anos, talvez estejamos felizes, é o segundo ato de *Romeu e Julieta* e é a abolição do decreto Crémieux, explico à minha amiga Karin, a dateira alemã, o efeito pérfido da imagem sensacional que constitui a primeira página do *Jornal de Orã*, um efeito de fascinação-atração por essas letras enormes que ocupam metade da folha

vejo que a imagem-letras ataca meu pai como se tivesse presas, há uma força terrível no papel, ninguém sabe ler, ainda não, leem-se os movimentos da alma dos pais, decifram-se as emoções, os humores, nada será esquecido, tudo foi visto no cinema mudo, "acabou" "e recomeça" assinala o rosto de Ève

naquele momento, o momento Remarque, o mesmo momento, meu pai é acometido pela tuberculose, isso aconteceu de repente, de um instante ao outro como a desgraça na sala de jantar, foi justo após ter recebido o *Jornal de Orã* como uma chuva de golpes no rosto *O ESTATUTO, dos Judeus, Promulgado*, de um *segundo* ao outro, nem isso, como o segundo ausente da morte, um jorro de sangue, sem um grito sem uma palavra ele sai precipitadamente da sala de jantar, com um salto febril, foi assim que Theia minha amada gata se enfiou mais rápido que a rapidez sob o divã para morrer escondida e esconder sua morte e só tive tempo de me jogar humildemente de bruços para receber seus dois últimos suspiros. Isso leva um segundo. Esse segundo é o portal do outro mundo. É o Terrível Segundo entre o segundo de antes e o segundo de depois, nos viramos e não há mais passado.

Ève, a mulher dele, minha mãe, permanece na sala de jantar, em suspenso, é a primeira vez que vejo a palavra "perplexa" pintar sua face, seus olhos, e meu pai retorna cambaleando,

mudado

será a ferida espiritual a causa, ou a irrupção, desta vez inegável, da doença, ou serão essas duas feridas a causa e a ilustração uma da outra?

Não é uma página, é um machado, o decreto tem o tamanho e o aspecto de um machado, diante de tal visão milhares de pessoas são tomadas por uma convulsão, os olhos arregalados permanecem vidrados secos esvaziados pelo curso contínuo das imagens no estado de êxtase que toma e paralisa aqueles que viram-a-morte, uma experiência que permaneceria inacessível a qualquer imaginação se um Felix Nussbaum não tivesse sido designado entre todos os pintores dos anos 40, por circunstâncias necessárias e fatídicas, como um infeliz profeta por Deus, para pintar a experiência de ter visto o que ninguém pode ver sem perder a visão, não se pode ver a morte sem perder a cabeça, durante o instante entre dois segundos em que se é nada no nada, em que não se tem mais ser em que não se é, há ainda oticamente um aparelho fotográfico que registra na ausência do sujeito uma última variação luminosa, é o último suspiro dos olhos, uma parada, e, como depois do último suspiro, a boca permanece aberta, fendida no sentido próprio da palavra, assim como para os olhos que desvairam na dilatação excessiva a fim de apreender esse corte da corrente. Para alguns, é dado e ordenado pintar às pressas esse exinstante em que os olhos, sob o golpe, não obedecem mais à mente e permanecem abertos, bloqueados, como a boca esvaziada de seu ar

Tento imaginar como Nussbaum pinta *Angst*, seu autorretrato de olhos dilatados pela passagem do fantasma, é difícil, a meu ver ele não pinta a paisagem, pinta a partir de uma foto do terror,

Promulgada a palavra se enfia no cérebro é um instrumento que pressiona o cérebro e faz saírem dele as sensações de luto, noto a presença desse tipo de instrumentos verbais que danificam o cérebro num grande número de quadros de Nussbaum, nos vinte anos suásticos as cenas tipográficas fazem parte do arsenal como os diversos gases letais, são exalações de uma mesma nocividade

o meu pai é abatido à queima-roupa são dezesseis horas e até meia-noite ele permanece estendido sobre a cama com o corpo desmantelado, os olhos fixos no loureiro-rosa da varanda que estranhamente não para de se agitar e de se desdobrar e de advertir "não acredite mais, você nunca mais confiará", um longo afogamento até o fundo não-ser-mais-francês não quer dizer nada se não se é mais o que nunca se foi a ilusão de todo modo resistiu desde 1867 dura mais que a ilusão alemã dos Jonas, meu pai acabaria justamente não mais duvidando mas o indizível da dor é o golpe de anulação do sujeito, não poder mais se achar inscrito na lista dos vivos, ser despachado do mundo, sequer exilado, decretado não-existente, é uma doença brutal que ataca o cérebro, toma-o em suas patas de ferro, esmaga-o, põe fogo nas faces, semeia imagens de desespero, paralisa as forças de imaginação, em particular convence o doente de que jamais haverá cura

Jogado fora degradado insultado acusado arrastado por toda a cidade a chutes e pauladas escoltado pelo inimigo que-debocha-de-mim, fugido olhado pelos curiosos precipitado abaixo das espécies, todos os dias

É assim, por causa da sentença de morte que faz meu pai cambalear e que eu vi abater-se – uma terrível deflagração climática desconjuntou a família –, que consigo imaginar a raiva que destrói Remarque do interior, como a Tuberculose fatídica do meu pai, uma raiva que não podendo ser despejada no ar exterior faz explodirem os vasos na garganta.

Em Orã como em Osnabrück sinto meus anos cheios de raivas mortas subirem as ruas, mortos no nascimento, abatidos assim que saem de casa, sobre as calçadas pássaros mortos como gritos indignados são em vão projetados nos ares vitrificados.

Esses gritos estilhaçados são o que mais faz sofrer: os gritos de fúria cortados na própria garganta. Uma veia explode nos pulmões do meu pai

Aliás o meu pai não era um francês Crémieux, digo a Karin, não era um judeu que aceita o decreto, mas o descendente do Jonas, o intérprete vindo de Gibraltar para *tomar* a nacionalidade já sob o Império e antes do triunfo do outro Império, o alemão, em 1867 o Jonas da África do Norte já era orgulhosamente francês ao passo que os Jonas de Hannover não tinham o direito de demorar-se nas cidades, podia-se apenas atravessar Osnabrück, e sem demora

– a nacionalidade é uma ilusão, diz minha mãe, uma ficção que repousa na nulidade das pessoas em geografia, um funcionário de prefeitura, se ele lhe perguntar, diga que sua mãe nasceu na França em Estrasburgo, não diga que nasci na Alemanha, ninguém mais sabe hoje onde era Estrasburgo quando meu pai inventou ali a sua fábrica, as pessoas são nulas em História a nacionalidade é um galão mal costurado, só se prende ao tecido por pressões. Constatei que uma vez arrancada a nacionalidade nunca volta a brotar. Depois da exação seu pai nunca mais reencontrou a nacionalidade interior. "Mais um ataque como esse", disse ele à minha mãe, "e acabou a vida do doutor Georges Cixous."

– Uma vez uma senhora me perguntou a senhora não é inglesa? que sotaque é esse o que a senhora é? E eu disse: eu sou parteira.

Vivo para pessoas que ainda não são alguém, antes dos documentos

Acho que sou bastante calma e não intervenho demais

Perdoo muitas bobagens. Deixo passar muitas bobagens

Mas há limites

Na Clínica eu tinha uma cozinheira gorda, aquela ali me irritava me enganava com os bifes

Eu era bastante perspicaz mas não má. Eu não era tão intransigente. Não a mandei embora. As coisas aconteciam suavemente. Sou contra processos. Não havia muitos gritos

Quando eu era jovem já devia ter muitos dons ocultos que me permitiam fazer coisas que outros não sabiam fazer

Depois disso não fiquei audaciosa mas não tinha medo

Contra os camisas-pardas eu estava prevenida

Dizer que se falava de revolução cultural nos anos 20 ainda uma ilusão e as jovens sionistas falavam de um país socialista, já nos anos 20 tinha acabado, já em 23 tinha Hitler na Cervejaria, o futuro não durou muito, quando eu tinha dezesseis anos já tinha acabado, cortei minhas tranças,

Eu gostava muito de Rosa Luxemburgo, ninguém mais sabe quem é, lamento que não tenham cuidado da sua luxação no quadril

Acho que eu era bem-feita, senti que não tenho idade

Nunca tive mulher morta. Também tive sorte.

A sorte eu não sei se é sorte.

A má sorte também pode ser uma sorte.

Sob a guarda do meu marido eu não era parteira

Fui bastante inteligente

Eu era uma mulher sabida.[18]

Demorei-me em Osnabrück, pensava eu, até quando? Partirei amanhã. Amanhã. Minha ideia é escrever a coisa que empesteia os corações, olhar pelas fendas da História, na qual minha primeira infância colhe os seus pavores e os seus questionamentos, aos dois anos vemos tudo nu antes das palavras, os rostos lá em cima são atravessados por tremores. Ter dois anos na minha idade é o que acontece no sonho dos oitenta anos, o apartamento é uma vasta encruzilhada de circulação enervada, estou diante das portas elas estão

18. [N. T.] Jogo entre *sage-femme*, parteira, e *sage femme*, mulher sabida, ajuizada.

fechadas, um presidente da República passa à minha frente de suspensórios, ele chupa guloseimas ele devia saber o que está causando a desordem, em vão o interpelo. Começo a fazer minha mala. Em toda a Europa também pessoas febris fazem suas malas, não apenas na Argélia. Mas eis que chove. Chove cada vez mais. Ergo a cabeça e eis que o céu está ocupado pelo carvão das nuvens, lençóis espessos, negros, estou com as minhas sandálias brancas de Orã. Já não tenho certeza de conseguir atravessar a tempestade. Pode-se ainda deixar a cidade? Não deveria ter ficado até tão tarde. E como sempre vejo na fronteira do sonho vizinho o homem desalentado que se parece com um primo, é Walter Benjamin aquele que não consegue fechar sua mala.

É a minha terceira campanha de Osnabrück. Quando jamais tinha estado em Osnabrück naqueles anos em que eu pensava terminar minha vida sem jamais ir lá, eu podia encontrar todo tipo de explicação para minha abstenção ou minha abstinência. Desde que rompi o jejum, o contrário: não há explicação. Eu não esperava por aquilo que se produziu desde que acabei indo até lá, já faz muito tempo me parece, cinco anos! Mas que anos armados e elevados como castelos de epopeia, construções potentes e prometidas à destruição, nesse muito tempo tão alto e tão profundo que se teceu em minha mente. Completamente o contrário da Argélia, meu outro país mental. Como minha mãe realizou a passagem entre Osnabrück e Orã é um caso incompreensível. Isso não é possível. É uma outra. Ève é uma personagem num conto de Hoffmann

Há na cidade da Baixa Saxônia sob a pele das casas nas curvas das ruelas certos encantamentos químicos, tenho certeza disso, um pó, ou sais, alguma coisa que emite é inegável, todos são testemunhas disso, conscientemente ou não, ninguém vai me contradizer. Mas essa mensagem, um depósito, talvez, de uma abundância de acontecimentos homéricos, essa incitação obsedante comparável à das Sereias vizinhas, não existe em Orã. O segredo é geológico. Uma sensação de imemorialidade emana das dezoito aventuras da Canção de Osnabrück.

Ora, desde essa Primeira-Vez a Sorte foi lançada, todos os que giraram em torno do canto XII da *Odisseia* estão avisados, o que se exerce nesse Teatro de memória é um vício, comparável à necessidade imperativa de vasculhar as entranhas do mundo com o auxílio da escrita, de penetrar nas florestas mentais, sob as terras, de sondar os túmulos com o risco de perder o juízo. Segundo minha mãe um demônio estava sentado no meu ombro. Assim como ela deixa Osnabrück o quanto antes, imediatamente após o liceu, eu deixo Argel precipitadamente. Mais tarde ela não fará nada para que eu vá a Osnabrück, foi uma mensagem que não mudou até os seus últimos dias, e assim que ela passou o Lete, eu fui.

– Ir a Osnabrück, será que isso é necessário? diz minha mãe

Para onde vamos?

Andamos rápido ao longo da Rolandstraße, é a minha amiga Karin quem leva a coorte, é a sua cidade, é o seu livro de História, ela própria é um livro de História, tudo começa em 783 no cruzamento da Krahnstraße com a Bierstraße, por ordem de Carlos Magno que, em Osnabrück, é Karl der Große, transportam-se as primeiras pedras para Nikolaiort 2 ali onde Helene Jonas *geboren* Meyer reinava no início do século XX, de acordo com os meus devaneios a minha bisavó discreta mas autoritária poderia ter recebido Karl der Große, em devaneio ou em visitação, afinal Omi minha avó esteve de conversa com um imperador, ninguém dirá o contrário, na Rolandstraße apresso o passo e olho onde coloco os pés, para não tropeçar num *Stolperstein*,[19] eu ficaria aflita em andar mesmo por inadvertência sobre a figura de um habitante assassinado, naquele tempo Rolando vai morrer ou então está morto, a quem perguntar se ele passou por aqui no rastro do seu tio ou se estava acampado nas montanhas dos arredores com o grosso do exército, a meu ver Rolando morreu de raiva uma veia explode nos seus pulmões, é então que Karin para, ela espera que eu levante a cabeça em vez de andar tentando imaginar as Tempestades sobre a Europa e os deslocamentos dos povos e das terras comandados pelo mais célebre e militar dos imperadores, como será que os historiadores farão suas construções em mil e quinhentos anos, eu bem que gostaria de ler isso, a metamorfose dos fatos em ficção e a força de lei das fabricações fazem meu pensamento vacilar, eu também acreditei que eram os sarracenos que tinham esmagado a retaguarda do grande exército e não os bascos,

Stolperstein da família Jonas, em frente à casa situada na Friedrichstraße em Osnabrück.

19. [N. T.] Trata-se das "pedras do tropeço", pequenas placas de metal em memória das vítimas do nazismo e que se encontram em centenas de cidades alemãs.

e quem me garante que, quando eu renascer, se eu renascer, em 3068, certamente não acreditarei, assim como uma parte do mundo inteiro comigo, que o Terceiro Reich terminou aniquilado pelas esquadrilhas nucleares de um exército composto de judeus e autóctones vindos do Continente Norte-Americano?

para voltar ao ano de 2018, ando alguns metros e estou de pé diante do gradeado de uma gaiola alta de pedras amareladas apertadamente empilhadas. Em cada faixa lateral da gaiola, dois painéis de cobre gravados limpos cuidados. As páginas de metal fazem duas vezes o mesmo relato do assassinato desse corpo desarmado surpreendido em plena noite no desfile da rua Roland, as tábuas da lembrança se repetem a alguns metros de intervalo, uma precaução mágica contra o esquecimento, de um minuto ao outro nos esquecemos, nos lembramos. Muitas mudanças da alma se produzem nos quinze metros que ladeiam a gaiola de pedras. A gaiola é mais ou menos do tamanho do meu filho. Meu filho não lê as duas vezes as duas pequenas tábuas gravadas apostas à altura média do passante. É alemão é feito para os alemães. Karin diz: – *Mahnmal*. Aqui era a Velha Sinagoga. Agora a nossa municipalidade quis construir aqui mesmo um símbolo para a Exclusão. Um monumento. – Isso faz pensar, digo. – Não pode ser mais absolutamente não monumental, diz o meu filho. – Olhem como eu era, diz a Velha Sinagoga, quando eu era um dia, eu era um grande e altivo edifício de flancos brancos, de fachadas iluminadas, eu fazia sucesso, mas está tão longe, se é que esse passado um dia existiu. Um dia, eu fazia acreditar, as pessoas me olhavam com fervor, como no começo do cinema, eu morava no bairro mais belo e mais rico do centro de Osnabrück.

Um espaço raso entre duas residências. Por trás das grades uma alta coleção de enormes pedras prisioneiras. São os ossos da Sinagoga que permanecem espalhados no solo depois da incineração. Ossos bem-comportados. Como galinhas as ruínas bem-comportadas em sua gaiola de silhares.

O memorial da antiga sinagoga de Osnabrück, queimada na noite de 9 para 10 de novembro de 1938.

Lustradas

Então é isso, a terceira sinagoga, um galinheiro calcificado, ou então uma versão expressionista das lágrimas de Níobe? A monumental de 1906 ei-la entregue ao seu lugar nessa rua distinta, ou então as grossas lágrimas de pedra são os judeus reduzidos a cascalho, na rede metálica não se perderá nenhum deles

– Você está vendo isso, diz meu filho, você poderia ver isso num jardim está na moda na decoração, se você não sabe o que é isso peça uma explicação

– Ruínas bem guardadas digo. Nos anos 30 punham os judeus na prisão para protegê-los. A prisão era no castelo. A Sinagoga morta está bem cuidada. Faz-se o possível para que seja tão elegantemente reservada quanto os seus abastados vizinhos. Um pouco mais longe a Senhora von B. tira o seu carro da garagem, conversa com Karin, bela mulher fina apressada tem que levar a filha para a escola. Uma imortal. A família von B. perpétua desde o século XII. Esse bairro, câmara secreta, cofre de Osnabrück, eu nunca tinha visto. Não olhei por detrás da gaiola, o estacionamento, nem os carros bem alinhados, eles repousam sobre o chão do salão de reza.

O salão, com as suas colunas douradas os seus dois candelabros de sete ramos dourados os seus arcos romanos os seus tapetes de veludo vermelho, quem sorri no quadro pintado por Felix Nussbaum em 1926 não imagina nem por um segundo a sorte que o espera quando chegar a noite.

Eis o que ela era doze anos antes da morte.

– Como ela é jovem! Ela é moderna. Tem uma incrível perspectiva diz meu filho. Compare-a com a representação clássica de monumentos, tem aí um contrapé. Compare *Os dois judeus* com a coroação de Napoleão, a cauda imensa, o tamanho da Igreja os personagens pequeninos. Aqui na Rolandstraße que está no primeiro plano tem gente, os dois judeus estão saindo, eles vão nos encontrar, eles crescem, Felix medita seu gesto: vai pintar a si mesmo com o Chantre no primeiríssimo plano, a Sinagoga de Osnabrück é isso, os humanos na frente, lá no fundo, atrás deles, a pequenina Torá, a Tevá, o oficiante – Será Baruth? – Não, ainda não. É Elias Gittelsohn. Não é realmente uma igreja. Aqui, dois indivíduos. Onde está Deus? Continua a ser a questão.

Naquele dia, ao sair, isto é, exatamente diante do quadro, Felix cruzou com Ève Klein na rua. Não sei se eles pararam. Se pararam, não sei o que disseram um ao outro. Não sei se Ève estava com Toni Cantor. Não sei o que Ève achava de Felix Nussbaum. Ela jamais falou sobre isso. A primeira vez que pronunciei o nome de Felix foi em 2010, por causa da primeira Grande Exposição Nussbaum. Ève tinha cem anos e ele cento e quatro. Eu disse: – Você conhecia Felix Nussbaum? – Eles moravam bem pertinho de nós. Os pais não estavam contentes, ele era um bom pintor, foi embora para viver com uma gói. – Ela era judia, digo. – Um irmão foi embora para os Estados Unidos. – Você está inventando Felix Nussbaum, digo. – Eu também sou uma invenção. Você está me inventando. – Em seguida mostrei à minha mãe uma reprodução do quadro *A Sinagoga interior*. – Não se ia lá, diz minha mãe. Somente por Baruth. Pobre sinagogazinha, foi queimada viva. O sonho do meu avô. Ela era tão jovem não tinha rabino. Em vez de rabino, um sub-rabino sem fé.

– Pedras amontoadas, não tem mais desenho. Francamente não gosto desse memorial. Mostram-se as pedras esconde-se a destruição. Falta a morte. Não tem a ruína. Foi retirada. O que abala na ruína, o que faz com que se amem as ruínas, foi afastado, esterilizado, desertado

– *Ich bin ein Ruin/ Geht mit Urin*, diz minha mãe, em alemão é masculino.

– A ruína exsuda, um suadouro, você vê a natureza rebrotar por sobre a ruína. A ruína rebrota. Uma narrativa começa. Pegue os *Nibelungen*, quando tudo já está consumado, então começa a narrativa. Uma ruína é habitada. Ela expressa a vida perdida, guardada

– Pobre ruína, diz minha mãe. Ela não teve sorte

– Esse memorial é mudo, diz meu filho. Falta-lhe um traçado. Uma ruína precisa de linhas para falar

– Ela não teve sorte, diz minha mãe. Baruth também morreu aos trinta e dois anos

– Os calçados à beira do Danúbio, pescados e depois moldados em bronze, fiquei à beira das lágrimas, diz meu filho. O saco de pedras não me faz chorar

– É o que faz com que me venham as lágrimas, digo

– Não tive vontade até agora de ir às ruínas, mas tudo é tão limpo. Asseado. Toda a cidade asseada, nenhum cartaz publicitário, realçada, existe intacta, estranhíssima virgindade. É o que torna Osnabrück intemporal. Osnírica.

– O que é certo, diz meu filho, é que na medida em que é um imperador aterrador, Karl der Große Carlos Magno deflagrou uma cristianização violenta da Europa, devem-se massacrar aqueles que recusam a metamorfose, mas numa outra história Carlos Magno inventa a escola primária, depois, sob a Terceira República, inventa-se a nação francesa, naquele momento os judeus autóctones da Argélia se tornam franceses, logo depois eles compram Victor Hugo diz meu filho, subimos novamente a Rolandstraße, na casa dos Jonas de Nikolaiort encontra-se Heinrich Heine completo, mas para escrever *Alemanha*, Heine vem a Paris, é por causa do amor pela pátria que ele vive tantos anos no Exílio, aqui no número 9 havia a Escola Elementar Israelita que os judeus que não tinham mais o direito de frequentar as escolas alemãs pelo decreto de 24 de abril de 1933 não tinham mais o direito de frequentar pelo decreto de 1938, mas minha mãe nunca mais passou pela Rolandstraße, quanto à Pátria Exílio de acordo com ela era um belo sonho dos anos 40, 1844, no tempo tão longínquo em que ainda havia passado e futuro.

Nós avançamos nas ruínas naturalizadas, tudo é nítido, bem conservado, em meio a um jorro de velhas histórias, caminhamos num livro como num sonho, sinto que em cem anos os livros nos parecerão tão longe quanto "o ar da liberdade" que Heine respirava como o perfume capitoso da própria promessa, é um dos efeitos desse singular laboratório do Tempo que, quando se entra nele, visões muito realistas, atualizadas, nos assaltam, às vezes simultaneamente vindas dos tempos mais remotos até o meio do século XXI, a cidade inteira é concebida como uma torrezinha panóptica onde se passa em três passos e dois degraus de uma memória a outra

– A pátria, o país, a nação, isso é antigo, diz minha mãe, já há cem anos estava longe para mim, quando Omi achou que tinha chegado ali em 1910 já era a terra prometida terminada

É assim que o discreto e asseadinho *Mahnmal* da rua Roland, que se chama por bem ou por mal rua da Velha-Sinagoga ainda por algumas décadas antes de se chamar rua do Apagamento, se torna para mim a única verdadeira Sinagoga. Esses restos cuidados, etiquetados fechados numa gaiola são um retrato das minhas ruínas interiores

Será Ève a minha Gradiva?

Sigo seu passo rápido desde que fico de pé. Sempre fui fascinada pelos seus pés. Exemplares. Por sua capacidade virtuosa de se deslocar, de um bairro para outro país, de se deslocar com um passo firme, regular, com os pés confiantes leais, robustos como bois. Pelos seus sapatos.

Tudo está nos calçados, penso. Meu sonho se chamava *Um novo posto*. Era uma pequena narrativa vizinha das angústias de Kafka. Onde era esse novo posto para o qual eu acabava de ser nomeada? O motorista da cidade que me levava me diz o nome de uma rua. Eu não conhecia essa rua. O posto se achava depois do conhecido. Mais longe. Continuávamos. Depois o motorista parou. Não dá para seguir em frente. O resto a pé. Ele me indicou a direção: à direita do sonho, essa trilha. Até a porta de ferro. Estou diante da porta. Empurro-a. Não se pode dizer que tenha alguém. Pego a estrada. Não se pode dizer que seja uma estrada. Desço, um pouco espantada, uma trilha mais do que uma rua. Se há casas estão vazias. De repente entre as casas inanimadas, uma vista para o mar, lá embaixo uma praiazinha. Na verdade acanhada não muito limpa, mas pode agradar é uma abertura. E eis que seguimos, como fazer de outro modo, não por uma rua nem por uma estrada, mas por rochedos. Brutos abaulados, a perder de vista em todo caso. Não posso crer. É isso o caminho para o liceu? Um caos de rochas esbranquiçadas daquele marfim das ossadas, deve ter um quilômetro, dois talvez. Atenção onde se colocam os pés. Felizmente tenho calçados, baixos, ajustados, amarrados. Mas e se eu viesse de salto para o liceu? Queda certa. E nada no horizonte. Prossigo. De repente uma anfractuosidade, no fundo o mar ruge, pode-se cair, vê-se a morte aqui. E ainda faz um dia lindo, o céu está ameno, é verão, mas e se chovesse? Se eu não tivesse por sorte esses calçados que me dão segurança, que tenho de Ève. Não posso acreditar que alunos vão fazer esse caminho. Tampouco os professores. É inverossímil. Sem os calçados eu não poderia ter dado dez passos. Ainda estamos longe da meta, se é que ela existe. Vou recusar esse posto. Escreverei uma carta. Descrevo a coisa. É inaceitável. Para os alunos e para os professores. Sem os calçados haveria mortos. Com os calçados é um risco enganador.

Sapatos para todas as ocasiões de corpo a corpo com as asperezas do mundo, escaladas das casbás, descidas à noite às ravinas nas favelas, travessias de fronts e de desertos. Calçados a toda prova. Exceto uma vez, no dia em que ela colocou o véu para fugir e ir para o aeroporto em segredo e em que ela teve a ideia de tomar emprestadas as sandálias de Kheira.

Finalmente, foram os argelinos, e não os alemães, e não os franceses, que prenderam minha mãe

Eu não sei como minha mãe começou a se armar para o combate ordinário

plötzlich –
de repente uma fotografia

As ex-colegas de turma do liceu de Osnabrück se reencontram no jardim de Ria Kruse. Foto publicada no Osnabrücker Zeitung de 8 de junho de 1985. Da esquerda para a direita, a sétima é Ève Cixous; a quinta, Toni Cantor.

"Plötzlich standen sie vor uns"

Olho para a foto. É uma fantografia, penso, todas essas mulheres são sobreviventes. Elas deveriam estar mortas. É como se todas tivessem sido condecoradas com a medalha Justus Möser. Estão posando. Ève vai dizer: Estamos muito honradas por estarmos aqui por engano. Ela não diz. O que a retém é o temor da interpretação. Achariam que disse essas palavras por engano. Ela teme ser minoritária: alguns pensamentos pensam: espero que a gente vá comer as boas tortas com creme chantili. Se fosse possível fotografar os pensamentos! Felizmente, pensa Ève, não é possível. A cidade não mudou. Parece uma moeda nova, pensa ela. Na verdade, é outra: foi inteiramente arrasada e reconstruída de maneira idêntica. É mais fácil reconstituir uma cidade que o foguete para a Lua. Isso é minha mãe que pensa. Tenho a impressão de caminhar sobre a Lua, Osnabrück-sobre-a-Lua, vou dizer isso à minha filha.

Entra: a outra equipe. Está na outra metade da foto. São as parceiras para a Réplica. É o que produz esse ar de Espanto Geral. O Coro, agora completo,

"Plötzlich standen sie vor uns"

É o tema do Coro.

Todas essas mulheres estão com o sorriso-de-circunstância. Um sorriso modesto. Não há do que se gabar. "Encontro com as Retornantes" diz o jornal. Eu, o que olho, são os pés.

"Plötzlich standen sie vor uns"

– "De repente elas estavam ali, diante de nós." É o quê? No quê? diz minha filha.

– É uma aparição.

– É uma fotografia. Está no *Osnabrücker Zeitung*, no jornal de 8 de junho de 1985.

– Foi Martina Sellmeyer quem me deu. Que frase!

– É uma exclamação. É uma citação.

– Quem diz isso? Quem pensa isso? Quem está estupefato?

– "De repente salta uma forma negra." É uma construção à moda de Flaubert. "Deviam ter sido muito bonitos na juventude. A mãe conservava ainda todos os cabelos, cujos cachos finos, parecidos a filetes de neve."[20] Elas tinham sido jovens, saíam em bando zombeteiro, e agora estávamos abalados como Horácio e Marcelo nas muralhas de Elsinore.

– De súbito, elas estavam ali diante de nós pensava minha mãe, todas aquelas senhoras honoráveis de cabelos brancos.

– Quem é tomado por uma emoção inesperada? diz minha filha. Que ambiguidade! Quem diz isso, a propósito de quem?

– A ambiguidade, digo, é o autor, o jornalista. Ou Flaubert.

– Quem é *sie*? quem é *uns*? Nós somos quem? Quem está no lugar de quem?

Os dois campos se encaram. As retornadas causam uma grande surpresa ao comitê de recepção dos Retornantes de Osnabrück. As retornadas se espantam com a visão do outro campo, o das em-domicílio. Elas se olham. As olhadas olham as olhantes, as olhantes são olhadas pelas olhadas olhantes. Não se esperava por isso. As velhas senhoras são fulminadas por um duplo efeito de espelho. De súbito ficam de pé diante de nós como de súbito ficamos de pé diante de vocês que ficam de pé como nós diante de vocês. Cada

20. [N. T.] A legenda de São Julião Hospitaleiro. Em: Flaubert, Gustave. *Três contos*. Tradução de Milton Hatoum e Samuel Titan Jr. São Paulo: Cosac Naify, 2004.

uma fica estupefata em ver a outra, e em se ver de volta. Vemo-nos nos rever nesse local improvável que é Osnabrück.

– "De repente, elas estão aí diante de nós!" pensa Ria Popp.

Dupla estupefação! Você está aí. Estar aí, ser aí? *Dasein*. Em vida! Então a memória suavemente começou a avançar para fora da gaiola, tateante, lentamente retornava por vivos pequenos pedaços de lembranças, é difícil, duplo e lento movimento, reformar uma imagem, tão distante, pescar de volta um rosto, trazê-lo de volta à borda do presente para reconhecê-lo a fim não de salvá-lo, mas de repeli-lo suavemente, para que pedaço por pedaço ele fosse substituído pelo novo rosto, com o qual precavidamente travamos conhecimento. As ex-jovens recuam, se afastam, retomam ao longe o esplendor, e se apagam diante dos traços ressaltados de velhas meninas, como deusas se retiram enquanto velhas mortais avançam timidamente. E cada uma delas pensa ao folhear o rosto da outra: Como você envelheceu! A gente trata a si própria de "você", pedaços de fotos recoladas. E você continua viva! Ei-la do outro lado do tempo! Como eu, você! Eu? – De repente, diz Flaubert. E a grande página do jornal é salpicada de pontos de exclamação como numa cena de *Herodias*. A amizade que se tratava de reanimar estava tão longe agora! E uma em frente à outra se consideravam sorrindo. Toda a cena é uma exclamação, é por causa do efeito de espelho, não é somente porque hesitam por um instante e de súbito se reveem, é porque se veem, é preciso reconhecer, não têm mais vinte anos. O riso comunica aos poucos a agitação e o fotógrafo também começa a rir, ah! que engraçado, esperava-se por emoção, e até por algum sentimento meio sofrido, uma pequena lufada de incômodo, tudo o que aconteceu, tudo o que não aconteceu, e em vez dessa decência apropriada, eis que caem na gargalhada, o Coro tem uma visão espontaneamente sublime e luminosa dessa cena, todo mundo vê que de repente todo mundo está com vontade de rir,

– é que mudamos tanto e absolutamente nada, pensa uma,

– é que nos parecemos, e, uma vez, pensa Grete – "uma vez", e de repente uma lembrança arria a toda velocidade a memória de Grete K., uma minúscula lembrança, veloz e sem peso, como uma daquelas aranhas tão pequenas, não maior do que uma ponta de agulha, se não fosse de um vermelho vivo a tomaríamos por um grão de poeira e no entanto sua velocidade é a de um bólido –, eu tinha que ir procurar ajuda alimentar, éramos pobres minha mãe era magra como um fio, ela nos dava o seu pão, "Não tem pão para os judeus, suma", me mandaram embora. Então uma velha senhora com as insígnias nazistas imediatamente disse "Mas ela tem direito" e com as palavras "velha senhora" todas as velhas senhoras riram nos dois campos,

– você não está zangada? – eu não estou zangada, escande o Coro entre as estrofes

"E de repente elas estavam ali diante de nós! todas aquelas senhoras veneráveis de cabelos brancos! Nós nos apresentamos umas às outras, por nossos nomes de moça, eu disse Eva Klein e a memória começou a sair, a cabeça se apresentou, o colo se dilatou inteiramente." O grande espanto é o da minha mãe

– E eis Toni Cantor! *Da kommt ja die Toni!* Esse atraso é Toni Cantor, entre todas. Sim, eis a personagem sem a qual não se poderia atravessar uma tragédia sem apodrecer de ódios e rancores, eis o papel da Falstaff do Lyzeum am Wall, quantas anedotas a constelam, ninguém pode ficar sem elas, Toni-sempre-atrasada Toni-ofegante, inúmeras histórias em quadrinhos se alimentam das suas desventuras, todas começam por “uma vez, Toni Cantor”, eu mesma adorei os contos de Toni Cantor, e eis que ela chega na realidade, ela vem se posicionar exatamente no meio do Coro para a foto, isto é, para a imortalização, ninguém contestará a justeza do lugar dela, ninguém disputará com ela a alta distinção de personagem secundária principal e como sempre, tradição obriga, ela está ornamentada com as suas famosas joias broches colares expostos em seus peitos volumosos, e os sapatos!

– Você viu os sapatos de Toni? Esse é o refrão para a terceira estrofe. Quem não viu os sapatos de Toni? Com o tempo Toni Cantor tornou-se um tesouro para a crônica

– Os calçados, diz minha filha, são de morrer de rir. Como os pés! Elas estão com os pés no chão. Estão bem encaixadas, as supraterrestres. Os pés ocupam um espaço desproporcional. Para o espetáculo o diretor pedirá que as dez atrizes e os dois atores usem calçados meio grandes demais, não demais. Mal se deve notar. – Todas elas têm pés gigantescos, exceto Ève, diz minha filha. Foi necessário ter pés assim. Todas com calçados de senhoras, somente Ève está usando algo mais informal. Tipo tênis, brancos.

Todas estão com vestidos inacreditáveis. Vestidos – parecem sacos, diz minha filha. Roupas de vovó. Apenas Ève está de calças compridas.

Toni está usando um grande colar. O colar desce até o estômago.

– *Siehst du!* diz Ève. Parece o colar do Oberbürgermeister. Você está vendo! Você ainda querendo aparecer!

Exceto Ève.

Ève de calças compridas, mochila nas costas, com as asas dobradas, prontas para se abrirem

Contemplo a foto. Ela se chama: *Mini-Klassentreffen*, "Pequeno Encontro da Turma", no jardim de Ria Kruse. A fileira cerrada impera, não tem lugar para os fantasmas. Em seguida, irão ao Café Leysieffer comer as tortas que não mudaram

– E a Sinagoga? diz o livro. – Quem vai pensar nisso, na Sinagoga, as ruínas já faz umas vinte páginas, *Ne*?

– Agora, estão todas mortas, diz o livro.

– Veremos mais tarde, digo.

– Uma outra foto. Três mulheres em harmonia com impermeáveis brancos sentadas num banco diante de uma velha casa branca em enxaimel preto. – Ela mostra as duas senhoras cheias de alegria de viver impossível acreditar que Ève já tem setenta e cinco anos nesse momento diz Karin, são sua mãe e sua tia Eri em 1985 no meio você vê a mulher de Peter Junk o arquivista, que morreu em 2009, ele não viu o ônibus, de bicicleta em alta velocidade a História escapou por um triz, sem Peter nada de arquivos, um momento e acabou, quatrocentos dossiês na cabeça dele, é uma minilembrança da sua visita em abril de 2018 para receber a medalha Justus Möser da cidade de Osnabrück. Hoje você olha para ela em 2022, elas estão tão jovens e cheias de elã,

Ève e Eri em espelho, trench-to-trench tênis brancos

Ève, os cabelos volumosos, o rosto radiante. Amanhã ela se encontrará com o doutor Fred Katzmann. Ele não está na foto.

– Agora todas elas estão mortas, pensa o leitor em 2039. Há cem anos Hitler se proclama imperador do mundo. O leitor dormiu essa noite no quarto de Hitler sem saber.

Escrevo estas linhas em 2019. Às vezes estou em 2018 e creio estar em 1938

– Por que você escreve "o leitor"? diz o livro.

Então escrevo: – A leitora dormiu. Daqui a pouco ela irá ao Café Leysieffer comer uma das célebres tortas.

Primeiro a alocução.

Nesse local, é o Prefeito designado que fala, o estilo é expressivo, sublinhando a palavra *bemühen*, fazer esforço, primeiramente o esforço, em seguida, *mit riesiger Freude*, a alegria é enorme

Depois do tema do Espanto, as duas orquestras do Coro se separam, respondendo-se uma à outra e deixando lugar para o tema da Humanidade inquieta, em síncopes ofegantes de humildade

O Prefeito avança e diz: – Não é tardedemais?

A nota do Tarde vai agora escandir toda a cena. Em alemão. *Spät*. Sempre se diz *zuspät*. *Viel zu spät*. Muito tarde demais. Bem exatamente: "*Kommt die Einladung nicht reichlich spät?*" Chega/ bem tardedemais/ o convite? Não chega muito tardedemais?

Esse é o tema que enceta o diálogo do Prefeito com as moças de Osnabrück. E a Pergunta que o Prefeito Hartmut Lause faz ouvir aos concidadãos-de-outrora, após ter palpitado cegamente no espaço da Sala-da-Paz, volta a pousar junto ao Prefeito sem trazer resposta. Talvez seja cedodemais talvez tardedemais, as convidadas refletem, os convidados concentram o pensamento nos seus semelhantes que acabaram de morrer durante o ano, mas ninguém de fato tem certeza de ter compreendido direito a demanda da Pergunta, os olhos estão fixados nos sapatos e na fina fenda do antigo assoalho que desenha lábios privados de som. Mas segundo alguns entre os quais minha mãe e o doutor Fred Katzmann, essa não resposta diz muita coisa

Ou talvez os convidados tenham encontrado a resposta ou alguma coisa a dizer no final da estadia, ou imediatamente antes. Talvez não. Alguns talvez tenham boas lembranças no entanto infelizes infelizmente, mas ainda adormecidas, ainda retidas no Brasil ou no Chile, escreve o jornalista que voltará no final da estadia para acabar a reportagem

– Jamais se deveria dizer nada quando se é o Prefeito em cenas tão delicadas, que reúnem um grupo de uma dúzia de pessoas que *nada* têm em comum exceto um traço: terem sido acusadas e perseguidas num outro tempo e agora se vendo do outro lado da cena no lugar dos juízes e dos policiais, diante dos ex-acusadores que se veem do outro lado como acusados potenciais ou responsáveis, é como se jamais se conseguisse sair de um tribunal ou de outro, nada se tem em comum, é como se se sofressem as consequências de uma nacionalidade que não se tinha pedido, a nacionalidade de queixoso ou de queixado.

É alguém como o doutor Katzmann que poderia pensar isso – um americano que preferiria ter o tempo de travar conhecimento com Ève Cixous –, enquanto o Prefeito fala e a cada frase o silêncio de toda a turma aumenta, não se sabe mais responder ao tremor da Pergunta. Eri, por exemplo, aquela que jamais fica incomodada, poderia dizer: Tarde demais? Masnão Masnão. Mas ela pressente que alguns ficarão irritados.

– *Einladung*:

Foi a palavra que paralisou todo mundo. Convite! Convite! Então somos convidados? Eu soube que na espaçosa casa do meu pai em Eversburg, alimentação de luxo, aves, exportação para o mundo inteiro, produtos Cantor célebres em toda a Alemanha do Norte sou calorosamente convidada a visitar. La Toni rumina.

– E se *retornássemos*? Se não fôssemos "retornantes", convidados – a sermos concidadãos-por-oito-dias como num sonho, fantasmas-festejados-exorcizados?

– Eu não sei onde fazer essa pergunta, diz o livro, em que cabeça? Ninguém parece ter tido essa ideia

– Não viemos para retornar mas para voltar a partir, diz Ève e Toni repete a frase para todo mundo.

Antes dessa Osnabrück, havia uma outra Osnabrück, próspera, animada, hospitaleira, dividida, com papéis principais e secundários, uma livraria onde o livro de Erich Maria Remarque foi bem vendido, é esse que minha mãe guarda. E antes da Osnabrück que toma seu impulso europeu a partir de 1881, tinha havido uma Osnabrück que se entredevorava e queimava as suas bruxas que já não tinham morrido afogadas.

Ève poderia ter me dito isso. E sobre o pano de fundo desse pensamento eu teria visto pela janela da bela Sala-da-Paz o cortejo barulhento levar Anna Schreiber pelo mesmo itinerário seguido na ocasião da caça a Ilex em 1938.

– Ainda aí? diria um leitor. Eu também sou levada novamente a esse breve intervalo do mês de abril de 1588 em que Frau Schreiber ainda está viva e embora jámorta desde o dia de 1583 em que assim que informada de que ia ser detida na aurora fugiu antes do dia. Na sequência presa em junho de 1585 na circunscrição de Iburg, *Wasserprobe*, a prova da água em janeiro de 1588, julgamento seguido de execução provavelmente no início de abril, uma mulher de cerca de setenta anos viúva do Bürgermeister Johann Rötger, finalmente recasada com o viúvo Otto Schreiber residente na Johannisstraße. Sua enteada também, igualmente chamada Anna Schreiber, quarenta anos, detida, liberada após ter sobrevivido aos suplícios. Não se sabe se Anna Schreiber júnior se misturou ao cortejo fúnebre de Anna Schreiber sênior por vontade própria ou para obedecer ao tribunal.

Da esquerda para a direita, a quinta é Toni Lukacs que era Cantor, ao lado dela Ève Cixous que era Klein no liceu, com Ria C., Grete P., Hedwig A., Edith W., Gertrud S., Thea S., Hildegund M., Karin J., e Anna Schreiber

Elas sobreviveram, outras não. Elas não pensam nisso, ou uma vez por acaso. Toni Cantor se pergunta se terão tempo de fazer compras. Ela pôs seus sapatos bicolores de salto agulha

Nos sapatos da minha mãe, o segredo do seu equilíbrio. Pesados, pedestais, armas, cofres.

À direita da catedral, a ruela das Bruxas, Toni Cantor teme por seus saltos, vinte metros mas intermináveis sobre os pavimentos

Essa história de pavimentos se a pudéssemos decifrar. No alto do livro, a rua Roland faz esquina com a rua das Bruxas, de um lado os homens do outro lado as mulheres.

Quatrocentas e cinquenta bruxas queimadas vivas ou afogadas quatrocentos e vinte judeus deportados ou abatidos, restam cinco.

Vejo mamãe descer correndo rumo ao Hase, com Toni Cantor que respira ofegante atrás dela, me espere! sempre atrasada, e é contudo essa Toni que se impôs como porta-voz, surpresa! a pessoa que fala por todas as outras pessoas na ocasião da visita solene a Osnabrück em 1985 não é Ève, nem Eri sua irmã, mas ninguém menos que Toni Cantor, é essa a arte maliciosa do teatro, como esquecer um personagem, Toni aprende a andar de bicicleta com um professor de bicicleta depois de um ano o professor pede demissão, Toni num vestido de renda cai no lago de patos Cantor, Toni aprende a nadar mas numa banheira não no Hase, Toni Cantor depois do almoço na prefeitura declara espontânea: "Hoje não tenho mais nenhum sentimento hostil. E você?" anota o jornalista, "as ex-judias de Osnabrück não têm mais nenhum ressentimento" escreve o Jornal. E minha mãe não diz nada.

Toni Cantor não mudou, Toni jamais terá mudado, jamais mudará, na peça ela coloca todos os colares antes de entrar, nada mudou na cabeça dela, assim que entrou respirando ofegante e tintinabulando, todas as senhoras gritaram Chegou Toni Cantor! é reconfortante, estaríamos em 1925, nada aconteceu, nada mudou fora os cabelos brancos, mas Ève mudou completamente, ela não pode dizer quando isso aconteceu, talvez de repente talvez não, em Orã? ou em Argel, no primeiro choque? ou no segundo ataque, a meu ver ela despertou num outro universo de um dia para o outro, não a reconheci mais, as coisas tinham mudado minha mãe, ela pensava de maneira diferente, existia numa outra pele ela não tinha mais nenhuma ilusão nas pálpebras, na minha opinião deve ter percebido bem no fundo da realidade como num espelho afastado uma alucinação de prisão em pequeno formato, como uma metáfora da vida, um aviso.

Memória vigilante, sapatos amarrados. E as suas pequenas agendas onde anota suas lucubrações e seus acontecimentos, não confiando em ninguém e sequer em si mesma, não se sentar não adormecer. Pronta? De pé! – A Alemanha? Não me interessa. É como a Inglaterra. O que interessa a você o que faz a rainha? Digo a Eri: você *mora* em Manchester, o seu genro virou lorde. É só um título. Tem que acreditar que isso nos influencia. Mesmo que seja judeu, lorde, não é a ele que vou contar que debocho da rainha. Sei me comportar. Para a fotografia de Osnabrück, ponho o meu sorriso, é o mínimo, não precisamos de colares. A rainha teve aborrecimentos suficientes com a família, a despeito da sua educação real, uma rainha é uma mulher. Enfim isso agrada ao povo e é necessário divertir as pessoas. Mas na América não foi Bush quem ganhou. Isso já durou muito tempo. Não vou querer mal aos americanos, foram eles que nos ajudaram, contra Hitler e contra Pétain.

– Atenção! diz o livro. Você é anacrônica.

– Quem não é? Vistos da Lua os tempos se tocam. Eu conheço todos os bastidores dessas histórias, todas essas ambições, essas crueldades, essas desonestidades. Essa pobre rainha não é muito inteligente, ela é suficientemente inteligente. Eu sou suficientemente inteligente, sobretudo não se tomar por rainha. Paro. Vou fazer chucrute. Não é porque é alemão. É o de Estrasburgo. Olhe para Toni. Você vê: as pessoas têm vontade de ser lordes. As pessoas de Osnabrück têm a coragem de ter vontade de ter a coragem. Não vou atacar a nacionalidade delas. Eu não sou mais francesa do que alemã. Arrancaram-me as duas peles. Eu sou universal.

– É como para mim a Argélia, pensava eu. Li na Wikipédia que eu tinha a nacionalidade argelina. Às vezes temos a nacionalidade sem saber. Às vezes não tenho a nacionalidade francesa segundo a administração francesa. Desde que a Argélia num primeiro tempo deteve minha mãe, depois a prendeu antes de, num segundo tempo, não poder prendê-la por expulsá-la por ela não ter cumprido a prisão, e entre os dois tempos todo um tempo se teceu durante o qual ela punha no mundo milhares de argelinos, e no qual eram impressos os leitmotive da minha mãe: *atenção*, *prisão*, *malas*, até o dia em que ela pôs as asas e alçou voo enquanto abaixo a polícia minúscula atirava nela

desde esses tempos a ideia da nacionalidade argelina se fundiu à ilusão da nacionalidade francesa e ao mito da nacionalidade alemã.

Minha mãe não teria retornado se não lhe tivessem telefonado de Osnabrück. Exceto a língua alemã, a isso ela jamais renunciou e o alemão não renunciou à língua da minha mãe.

Anna Schreiber tampouco, com esse nome de literatura, enquanto a arrastam para fora deste mundo assassino rumo à porta da morte violenta, nada mais tinha a perder a não ser a língua.

Eu não sei se minha mãe ouviu o pequeno discurso do prefeito, ela não me disse nada, não me falou das mudanças da cidade. Ela só me falou dos judeus que não eram de Osnabrück, que não eram judeus, que eram substitutos, Osnabrück também em substituição de Osnabrück e ela também

Invento tudo o que acontece por trás dos fotografados, no interior ou entre essas pessoas que são submetidas, voluntariamente, a um processo de estimulação contínua, cada um é pelo menos dois, nada é o que parece ser, apenas o prefeito é indiviso, levado que é, se acredito no jornal, pela necessidade de tocar, de obter, a paz agitando o seu discurso sobre o qual se podem ler as palavras: *bemühen*, fizemos tanto esforço, e por trás desse esforço dos corações dos cidadãos 1985 está a ideia febril, indesejável, de *abbauen* os preconceitos, desmontá-los, abatê-los, desativá-los, *ja sie gar nicht entstehen zu lassen*, e até mesmo de impedi-los de se reformar *definitivamente*. "Eles se esfalfam"[21] diz minha mãe a Eri, em francês – *Was ist* "décarcassent"? diz Eri, sempre sequiosa de palavras da língua de liberdade delas. Isso sou eu quem relata. Se efetuo essa escavação fictícia mas séria, é para tentar atingir um lugar oculto em não sei que profundidade na realidade por trás da foto, que me explique por que ou como nenhum dos Convidados retornou depois a Osnabrück. Todo mundo ficou encantado e decepcionado, as duas coisas juntas. Havia ilusão, ninguém podia prever que seria preciso submeter a si próprio a uma prova de filosofia sobre o tema do chez-moi.[22] Ou chez-soi. Ou sobre si. *Chez*, como se diz isso em alemão? Não-chez-moi, isso é claro. Mas chez-moi é uma outra coisa. Chez-moi era da Clínica, diz minha mãe, que eu podia dizer isso. A esse respeito nenhum dos submetidos-à-prova-filosófica pode negar que há no seu jardim mental um pouco de terra de Osnabrück, sempre resta um pouco dela na ponta dos dedos, os pés não se fazem perguntas pensa minha mãe, "os homens não podem esquecer o solo", o passado está bem guardado, não há meio de fazê-lo vir para substituir o presente,

Os processos da minha mãe, pensava eu, ela não podia não pensar neles, nas confiscações do ser, dos atributos, da casa, das semelhanças consigo própria, "olhe as minutas do Tribunal". Nesse tribunal fantasma em que ela ouvia o

21. [N. T.] Em francês, trata-se do verbo *décarcasser*, retomado em seguida.
22. [N. T.] A preposição *chez* remete diretamente a uma relação de interioridade espacial ("na casa de", no mais das vezes) ou de pertencimento (a um grupo, uma família, uma nação...). Aqui poderíamos propor por exemplo: "o tema do sentir-se em casa". Contudo, em função das nuances que se apresentam nas frases subsequentes, preferimos manter o termo em francês.

prefeito ou talvez não, ela não poderia ter dito na verdade que ela era, quem ela era ela era sobretudo não-ser, ela não era alemã, ela não era francesa, ela não era judia. "Eu era uma parteira", isso ela tinha podido dizer que ela era, ali, havia ser, na Clínica não há descolamento da alma, nada de simulação, tudo é de uma realidade encarnada, pré-histórica até que

todos os Convidados vão de táxi para a Universidade, onde os espera a Decepção. Para a discussão, havia apenas alguns estudantes, nem isso, relata o jornalista. Os decepcionados não são os Convidados. Rima com Recepção, diz minha mãe em francês.

A mãe de Johannes Kepler também foi presa como bruxa especializada nas doenças mortais dos animais, é só ela pensar "vaca" e uma vaca aborta, um bezerro morre dizem as minutas do processo, diz meu filho, a isso se soma o menino natimorto da vizinha aquela que ela acusou de lhe roubar roupa estendida para secar,

– é uma época de uma modernidade louca, a aurora de uma revolução científica, com isso, trevas, barbárie, catástrofes, a peste castiga em toda parte, diz meu filho, para trinta por cento da população não há judeus o bastante para acusar, eles não estão em toda parte, as mulheres estão em toda parte, a caça às bruxas se espalha entre a reinvenção da alquimia, a detecção do Diabo onipresente e a invenção do microscópio, o mundo não é o que se imagina, descobrem-se os espermatozoides, há microscópios espirituais que encontram o rastro do demônio nas intenções

Katarina Kepler está próxima do desespero, ela nega ter tentado corromper o juiz. O escrivão relata: a prisioneira infelizmente compareceu com a assistência do Senhor seu filho Johannes Kepler Matemático. – "Minha mãe é uma mulher rabugenta e desagradável, diz o sábio, mas não é parteira, ela tem horror a cuidar das mulheres e não poderia ser bruxa sem que eu rompesse com ela", diz o Matemático. A mãe e o filho são a escuridão e a luz. No fim a acusada é condenada em 10 de setembro à "*Territio*", esse terrível suplício sem qualquer contato mas infligido por meios psíquicos. O carrasco ameaça a prisioneira com as torturas mais extraordinárias e isso no lugar aterrador da execução anunciada em detalhes, na sala de torturas. Na manhã de 28 de setembro, Katarina Kepler é submetida ao suplício. A dor infligida pelo discurso do especialista não é inferior à que é causada quando se arrancam as unhas e se quebram as tíbias. Ela permanece por muito tempo no inferno, afirmando que não é a causa das epidemias e que de nada adiantaria dizer o que não é. Ao final desse interminável procedimento ela é solta e condenada a pagar os custos do carrasco e do tribunal. A nota é longa. À nota se somam os custos da sua transferência sob vigilância a fim de que não cause danos no caminho. Ela terá que ficar detida em domicílio definitivamente. Depois disso ela morre em pouco tempo.

– Eu também, diz minha mãe, quando estava na prisão, o juiz me acusou de tentativa de corrupção

Montaigne acha que no caso de suas vizinhas, miseráveis bruxas com caras de bruxas como a mãe de Kepler, seria melhor lhes administrar o heléboro do que a cicuta, é o que ele responde a uma correspondência do jovem matemático alemão.

O que é que ele podia lhe dizer?

Eu bem que gostaria de ter conhecido o conteúdo da *Territio* digo. Mas esse é o segredo profissional do *Henker*. A imaginação do carrasco é diferentemente afiada de acordo com cada vítima. É preciso contar também com o acaso.

– Olhe as páginas do registro do Tribunal desse alto lugar de perseguição das bruxas, essas centenas de mulheres às quais se mistura um punhado de homens, de jovens estudantes em sua maioria, *verhaftet*, apreendidas, detidas em agosto, em seguida é rápido, executadas em setembro, defendidas pelos maridos, renegadas pelos maridos como é o caso de Elfriede Scholtz presa em outubro de 43 executada em dezembro, denunciadas por seus próximos, por suas clientes, suas vizinhas, suas noras, condenadas com base na opinião de cada novo autor de testemunho que vem dar corpo aos devaneios dos procuradores. Dois personagens de uniformes pretos figuram os enviados do fim. Tem-se um mês, às vezes dois, para percorrer o curto-longo caminho que leva à última das minutas dos autos do processo. Arquivos bem mantidos. É como os cadernos da Clínica, mantidos pelas mãos da minha mãe. Arquivos de partidas, arquivos de chegadas.

– E você sabe a idade das registradas?

– Elas são jovens, diz minha filha. Mulheres desejadas por sua infelicidade

– Elas são muito velhas em sua maioria. Mais de setenta anos. Muitas têm oitenta anos. Sem a ajuda do diabo elas não chegariam a tamanha velhice

Mas Ève era uma cabra, aos cinquenta e dois anos, era uma parteira sólida, ágil, que descia os barrancos em Bouzaréah até mesmo durante os toques de recolher

Em Osnabrück, amarram-se as mulheres na seguinte posição: dedão do pé e dedo atados. O dedão do pé da minha mãe me fascinava. Muito largo, o completo oposto do corpo magro ágil. As partes do corpo que revelam um édito do destino: o calcanhar de Aquiles, o ombro de Siegfried, o dedão do pé de Ève. Você conhece a história de Anna Schreiber? A parteira. Por aqui passou a carriola na qual os conselheiros puxam Anna – bem em frente ao jardim – rumo ao Hase onde ocorrerá em dez minutos

– esses dez minutos ninguém pode relatar de que matéria aflita são feitos, eles não são como minutos, como tempo, uivam como cadelas, batimentos do coração embalado na direção do abismo, repetem cem vezes o suplício e talvez mil, morre-se, morre-se, morre-se, a água é lenta,

não se sabe o que é mais aterrador, o abismo sem fundo do rio ou a goela escancarada da multidão que urra, "aterrador" não é a palavra, todas as palavras de ontem estão afogadas, trinta mil pessoas invadem o lugar, brandindo milhares e milhares de bandeiras com a suástica impressa, é toda a cidade que se apressa ao sacrifício multiplicado por trinta mil, enquanto ainda está na charrete Anna deseja o fim pelo Hase, ela está com uma sede de fogo pelo rio mas eis que assim que está à beira do Hase, não ela, aliás, mas a roda de carne humana em que o dedo do pé e o indicador estão unidos por cordéis, em que ela se transformou,

"*Dem Wurf ins Wasser entging fast keine Frauen*", o historiador da cidade conclui seu relato, "De ser lançada na água quase nenhuma das mulheres escapava" me diz minha mãe. "Eu escapei, não fiquei esperando. Logo que soube que a polícia vinha, peguei minha mala"

relatos bem-comportados – prisões

Compreendo agora que a história de Ève tenha tomado a Hexengang desde 1928, caminho que a levaria à prisão em Barberousse em 1962. Uma história em alerta, precavida, sempre pronta para fugir, sempre os mesmos motivos, Malas, Habitação rima com Prisão, Fugas, Malas. As fugas são interessantes, elas são inspiradas, alguma coisa, que faz o papel de Deus, a previne, comparável a uma lebre alertada ela se safa bem a tempo, não seria pega duas vezes, fora o erro imprevisível de Barberousse toda a sua vida ela não para de fugir em pensamento, de pensar em fugir bem. Desde a saída da prisão, ela fica, atenta, com o ouvido à espreita a casa sempre cheia de malas até o teto, as malas são habitações portáteis – As suas malas pesam toneladas, digo a ela não são malas de viagem –, são malas de mudança, não faço nem uma nem duas, vejo dois policiais diante da porta da Clínica, *tak*! *primeiro* eu *tomo* a fuga com minha mochila nas costas, e, em seguida, peço a Kheira ou ao Senhor David que mandem minhas malas depois, diz minha mãe fugindo, estou no aeroporto, escreverei para vocês,

é um voo absolutamente sem despedida, de um segundo ao outro, como uma morte, um sequestro, *plotz! bliz! blaz!*

plaz! um raio, como um despertar em sobressalto, o continente acabou de cair no fundo do tempo

como pôr isso em cena? pergunta-se o autor de teatro, um acontecimento que não chega, não acontece?

só, com uma mala, só e única testemunha

– Que sorte eu não ter estado lá, diz minha mãe. Eu estava lá em 1933, diz minha mãe. E meu tio estava preso. Todo mundo, minha família, meus amigos, estava começando a se enfiar debaixo da terra. Os que podiam morrer antes de descer ainda mais baixo se apressavam. Baruth, isto é, meu amigo Artur fez as malas já em 1936, ele me enviou livros de poemas e morreu é uma sorte, aos trinta e dois anos, os livros chegaram a Orã em abril, não sei mais se foi no dia anterior ou no dia seguinte ao meu casamento. Esse Lá se esvoaça pesadamente, entre as lembranças da minha mãe. Você estava lá, digo, ou não? Eu estava lá mas não estava lá. Esse Lá se desenha, silhueta maciça na imaginação da minha mãe, parece uma torre sendo edificada, petrificada em espessura, cada vez mais espessa, no começo pode-se ainda sair no primeiro andar tem uma porta baixa e estreita mas logo depois, a abertura é engolida pela progressão dos enormes silhares, e de repente quem está dentro – quem subiu com a-cabeça-nas-nuvens até o terceiro andar com a ideia de ver a paisagem de vales da bela região, depois de ter constatado que não tem janela no alto nenhuma abertura a não ser a fenda de uma seteira, que só permite passar uma arma – é em vão que se retorna ao andar inferior, não tem saída, todos se sentem trancados como num tubo de canhão

eu estava fora meu tio já estava lá, já o meu primo de Borken estava num campo, dali estive em Paris dali estive na

Argélia, da Argélia pensei que sorte que não estou lá, mais tarde, quando estava presa, eu hesitava entre Lá e Aqui, me perguntava onde estaria quando pudesse dizer "quando eu estava lá, em 1962".

A prisão de todo modo levou trinta anos para pôr o ferrolho em minha mãe, penso. Ela acompanhava as aventuras da jovem de capítulo em capítulo, os seus combates, suas alegrias, seus lutos, a sua ascensão regular na direção da luz, o coroamento da sua carreira, uma escalada de risco e no ápice esse triunfo da vida, ser parteira, grande artista do pôr no mundo, em 62 com uma média de duzentos e cinquenta nascimentos por ano, tem uns mil recém-nascidos que pipiam nos cadernos dela um povo encantado

eu tinha intuições de vida
os homens podiam assistir ao parto
eu não tinha mulher morta na minha mesa de trabalho
eu não tremia
é então que a Prisão detém a Vida de repente

O ano da independência da Argélia? Para minha mãe, é o ano em que parece que Lá acabou chegando diante da sua porta

– Eu não gosto da História, diz minha mãe, são Guerras, Destruições, Massacres de seres vivos, exatamente o contrário de parteira.

Não há mais leveza de alma do que uma parteira que não treme. Todos os dias estamos no começo do mundo. Sem censura a ninguém. É isso que provoca as invejas. Um ofício que consiste em partejar, livrar.

Há também os casos das mulheres que você livra de uma gravidez inimiga, mas isso não é para os livros, não se deve falar disso é proibido, eles só esperam por isso, a polícia, a oportunidade de te prender, executar e se calar,

– Pare com esses comentários, diz minha mãe, quem quer saber tudo isso? A obra de toda uma vida, você quer dizer tudo sobre ela?

Quando eu estava em Barberousse na primeira noite, tinha uma infeliz de dezenove anos que estava abortando. Eu disse à patroa do bordel, mande chamar um médico. Não me meto com esse tipo de coisa. Em Barberousse conheci uma prostituta que mais tarde foi ordenada.

Mais tarde meu filho encontrará essa prostituta ordenada na lista estabelecida pela minha mãe dos encontros e acontecimentos interessantes da vida dela. Uma lista bastante exaustiva e aparentemente ordenada, mas que se examinarmos não deixa perceber regra de classificação. Trata-se mais de um inventário constituído na urgência, não arrumado, malcomportado. – O que é uma prostituta ordenada? diz meu filho. Minha mãe acrescenta entre parênteses: (*religiosa*).

– O que é essa lista?

Duas vezes na prisão, numa vida, é inverossímil, uma vez na prisão é uma aventura em geral é uma tragédia, para minha mãe era um interlúdio, como um sonho numa comédia de Shakespeare, uma visita ao deserto como quando ela esteve no Saara vestida de saia e com uma bolsa de mão que se quebrou sobre o camelo, uma vida com as prostitutas que ela jamais teria tido a oportunidade de ter, isso correu bem, entre as parteiras e as prostitutas há várias coisas em comum, especialmente as principais, o perigo, o tráfico incessante das regras, o mundo das mulheres mais arcaico mais vital, o que está embaixo, antes da escala social antes das guerras selvagens entre mulheres e mulheres, nessa região que se parece com uma imensa tenda um acampamento numa floresta bem conservada onde todas as mulheres se entendem na mesma língua, essas eternas reservas autóctones que se exprimem com todas as partes dos seus corpos, sempre tem uma que está com dor de barriga e duas que têm os seios grandes demais pesados demais, isso as cansa, isso lhes dá dor nas costas isso as faz rir, tem uma que tem um espéculo, é minha mãe, isso faz parte de tal maneira da vida quotidiana dela que ela sempre o guardou, quando fez noventa anos o arrumou numa das suas caixas de sapatos, sobre a qual inscreveu espéculo, bolsa de gelo guarda-pó poliéster mangas curtas, e foi ali no armário dela que o encontrei, o espéculo, entre os caixotes e as malas quando eu "fiz" a caixa com a mudança, entre parteira e prostitutas a gente se entende, quando a filha de dezoito anos da patroa veio lhe fazer uma visita minha mãe disse você deveria colocá-la comigo na Clínica ela aprenderia, o espéculo é mais do que um espéculo, é uma senha para entrar no mundo invisível do exterior

a primeira vez é uma aventura, com o tempo se torna um tesouro e uma chave principalmente quando saímos de lá, a entrada é que é uma violência, o golpe no crânio, os policiais na porta, isso acaba em confusão, acaba em violência sexual

a segunda vez é o contrário, o céu fica carregado de tempestades, se torna cada vez mais tenebroso, não precisa ser profeta para ler o aviso, é noite em pleno dia, ou melhor o dia é posto no calabouço, uma segunda vez é o destino

Quando o tio da minha mãe depois de ter sido "posto no abrigo" – *in Schutzhaft* – foi solto, ele estava com os nervos totalmente quebrados mas as coisas estavam claras, *Hier ist kein Bleiben*, ele escreveu para Omi, "Aqui não tem onde ficar", eu não sei se minha mãe pensava na saída da Alemanha quando saiu da prisão, talvez não uma vez basta pensou minha mãe, eu não sou como Rosa Luxemburgo para quem a prisão é com livros, são até mesmo alguns capítulos do livro da vida dela, tem limite, eu não fugi para longe da Alemanha para me ver de novo na Alemanha na Argélia prefiro me tornar especialista da evasão do que especialista da prisão, e nisso no segundo tempo ela coloca o véu de Kheira

A primeira vez na prisão foi em 1962, ou talvez já fosse 1933, ou 1938, segundo os personagens principais, em 1962 para mim enquanto personagem secundária, eu ia justamente pela primeira vez começar a escrever um livro, ao menos eu estava começando a ser despertada à noite pelo sonho de um livro que cantava na minha janela como os pássaros nas grades da cela de Rosa Luxemburgo, isto é, como os cantores da própria liberdade, e subitamente minha mãe desaparece eu não tinha escrito uma linha, apenas sentido uma alegria assustada ao roçar a liberdade, e subitamente ela não está mais ali, ela não está mais na Clínica, no telefone ninguém, tenho o envoltório do corpo na França, o cérebro na Argélia, ao redor uma sensação de muro, finalmente ela é encontrada isto é encontrada perdida encerrada em Barberousse, fim do começo do livro

– no exterior é uma imensa massa sem nenhuma abertura a não ser uma portinha metálica pela qual devo passar eu tinha a impressão de entrar num filme de Sing Sing com seus corredores sobrepostos, parece tanto com uma prisão, de tempos em tempos havia cantorias, depois ficávamos todas juntas num pátio, não havia francesas, a não ser a patroa, diz minha mãe, e sua ordenada. E a faxineira de setenta anos que preferiria estar na prisão a estar no asilo. Uma pobre mulher salva pela prisão. A direção era indulgente, ninguém poderá dizer o contrário. Quando tinha um condenado à morte numa cela, o diretor não podia fazer nada. Mais tarde fiz os partos das três filhas dele. Uma vez permitiram que passeássemos no terraço. O tempo estava bom, o céu estava bem azul, com vista para a Casbá mulheres lavando roupa. Nas preocupações não adianta pensar, não se deve olhar para o lado dessas coisas, isso nos deixaria loucos. Tinha os lados bons eu adorava a dança do ventre, exceto o tam-tam a noite inteira com as tampas das panelas. As preocupações vieram depois quando eu estava fora, com a advogada que supostamente tinha que me defender e não defendia nada. Não sei onde você a achou. Ela não me deixou uma boa lembrança. Escrevi tudo isso no meu Resumo. O Resumo está na grande mala preta forrada de amarelo debaixo da calça vermelha. A mala está no segundo armário à esquerda do vestíbulo

Essa prisão da minha mãe me deu,

num primeiro tempo um grande medo, imagine Kepler, digo à minha filha, percorrendo as cidades da Alemanha de tribunal em tribunal, com a mãe na cabeça, com a diferença de que ele não ama a mãe o combate dele é de uma grande pureza enquanto eu, com o amor por Ève que fervia no meu peito, estava *fora* de mim e para nada pois eu não podia ficar parada na França e não podia ir para a Argélia, onde cada pessoa que vinha protestar se via na mesma noite diante da portinha metálica de Barberousse, lado dos homens ou lado das mulheres

num segundo tempo, uma grande liberdade inesperada: quanto ao livro que me despertava por sonho foi-me dado compreender que lhe era permitido contar os fatos mais insensatos, é possível extravagar, se enfiar em subterrâneos sem temer exagerar, é possível até mesmo desaparecer no meio de uma frase, acordar uma manhã no interior de um prédio escuro sem se lembrar por onde se entrou ali, isso deve ter acontecido tão inexplicavelmente quanto num sonho, não se encontra a porta de saída, o erro é procurar uma porta, mas não se sabe que se está no erro algo extraordinário acontece, eu estava na página 74, digo à minha filha, e de repente não tem mais página 74, não tem mais fio, pensar que se está preso *dentro* do livro não nos vem à mente, achávamos até há pouco estar fora, puxá-lo pelo cabresto, a sensação de pavor que se espalha por todo o corpo é mais terrivelmente sufocante do que o que sente Gregor Samsa na manhã de sua vermificação, deve ser aquele confinamento nas trevas temido por Edgar Poe, porque ele o sentiu a cada vez que se viu enterrado vivo num livro, não é a morte, é a descida ao calabouço de si, pode-se sofrer os estertores do afogamento sem água, de repente, como foi o caso de Catharina Rüssel *die oben geschwommen hatte*, que foi mandada de volta à superfície, deshaseada, uma reviravolta de impossibilidade inconcebível, de repente, ou como Jonas regurgitado pela baleia, eu me vejo fora lançada na página 75, sem nenhuma justificativa, ora pois, se não devemos enlouquecer ou nos voltar furiosamente contra a tentação de um livro, no final haverá uma saída, ao passo que a realidade é sempre mais desembestada mais realmente inquietante do que a ficção, é preciso suportar todos os suplícios sucessivamente infligidos por um livro que atravessa os estádios da sua metamorfose

– Olhe essa torre, digo à minha filha.

– É a Torre de Montaigne? Em anatomia.

– É o duplo dela. A gêmea terrível. Seu contrário.

Elas continuam ali. Continuam com o mesmo corpo desde o século XIV. A Bocksturm, e os seus três andares, fica na amurada das muralhas entre a Heger Tor e a Natruper Tor. Ao vermos sua bela pedra amarelada, poderíamos crer que ela conteve um céu, uma livraria, que ela é o cofre sóbrio e confortável das mais nobres e modernas viagens de uma alma soberana, um Moisés imobilizado, apenas em aparência, o tempo de escrever suas bíblias, uma construção comparável a um observatório astronômico destinada a um telescópio espiritual. O que é preciso fazer *para ver o mundo*? Num primeiro tempo, você deve dar a volta nele, do papa ao rei, de montanhas a rios, de Roma a Paris, diz Montaigne, imerso no mundo você não escreve, você é uma retina de papel preto o mundo se imprime na folha de retina, até o dia em que você viu. Resta remontar à escrita, para extrair pela escrita o que você viu. A Visão do mundo está no fundo do mundo, quando você entra na Torre, ela está conservada à direita da escada no térreo ao nível do conservatório de estrelas todo o cômodo está impresso com símbolos. É aqui que você começa a se voltar para si e ver o que você viu. No quarto escuro completamente ilustrado eu começo por re-flexão a ver em mim o que vejo fora, o firmamento está no teto, minha re-flexão ricocheteia no espelho, nas paredes, na tapeçaria estrelada, na sequência do trabalho subo ao cômodo onde minha cama me espera, é aqui que os meus pensamentos se tramam com os meus sonhos, na curva do quarto do fundo dorme como eu o baú que me serve de memória externa, ele tem sobre mim a vantagem de poder atravessar os séculos que me seguem, no terceiro andar e último está a biblioteca, a materialização das visões em imortalidade, o triunfo das impressões inapagáveis, das caixas cheias de selos e de sensibilidades. Desde o topo do Silêncio, pode-se dizer tudo

Ora, nos enganaríamos: na verdade se a Torre de Montaigne é o templo secreto da Liberdade, o abrigo sagrado para os germes de todas as coragens das ciências e das filosofias, sob uma aparência semelhante, a Bocksturm incuba os aperfeiçoamentos de todas as crueldades, até as mais sobreinumanas isto é aquelas que ultrapassam todos os recursos da imaginação, e que são o fruto escaldante de longas buscas jamais terminadas. Não se sabe mais hoje em que andar era a prisão, em que andar era a câmara dos suplícios. Como não tem porta, nenhuma abertura ao nível do térreo, então era ali que ficavam as masmorras.

E tem também a Caixa. Parece uma caixa de mudança. É um cubo de enormes blocos de carvalho cor de mel, cinco cilindros de quarenta centímetros de espessura, a caixa mede dois metros por dois metros. Ela se encontra num local pequeno de três metros por três metros, é com toda certeza tão pesada que não deve ter sido transportada mas montada no próprio cômodo que ela preenche em grande parte. Nota-se que ela tem dois pés de cerca de trinta centímetros de altura que repousam sobre um cepo de dois metros de comprimento. E numa face a um metro de altura, uma abertura quadrada de 30 × 20 centímetros. Olho para essa caixa do lado de fora. Não consigo imaginar o conteúdo. Tem uma abertura bem pequena. Fixo-a como se esperasse que ela falasse. Não sei nada do conteúdo exceto o nome do Conde. Trata-se de uma Caixa para Homem. Ela traz o nome do Conde: Johann von Hoya. Não é qualquer pessoa. O Conselho da Cidade que o condenou em 1441 levou em conta sua alta posição para a escolha do carvalho. Um ladrão poupado. O Conde ficou sentado em sua caixa de madeira até 1448. Se você ficar sentado durante alguns anos, haverá uma reação dos músculos o corpo fica atrofiado, as articulações bloqueadas. Olho para a caixa de fora, não consigo imaginar o Conde Contido, tento com todas as minhas forças mas está acima das minhas forças

– Na época é de uma banalidade absoluta diz meu filho

– Tem apenas uma aberturazinha digo

– A monstruosidade da enxovia exceto que a pedra ressuma a madeira não ressuma, você tem ratos, você não tem evacuação. Todos os prisioneiros: em poços.

– Ève não falou dos ratos. Ela falou das boas surpresas

– No nosso sistema também, a ideia da punição é que dure

Na Idade Média cortam-se as mãos do ladrão. Não do Conde. No fim, a História diz que ele estava vivo. Ela não pode dizer quantas vezes ele tinha sido morto. Ela só diz tudo o que se sabe. A caixa está intacta. O traço extraordinário é este: a conservação da caixa em perfeito estado de crueldade.

Todo mundo esteve na prisão exceto eu. Talvez seja por isso que as prisões me fascinam. Uma vez, meu amado foi detido e aprisionado, senti-me violentamente aprisionada eu estava trancada num fora apenas com uma pequena abertura no meio, que me espicaçava, pois eu não conseguia emitir um som. Uma vez, fui sequestrada por dois dias, sequestrada era a palavra, por dois dias finalmente mas sem explicação e sem aviso de tal maneira que pude acreditar que era para sempre e os dois dias não eram dois dias mas sempre, num cômodo mínimo com um casal mudo não sei por quê. Então num canto um homem é enrolado num tapete e morto. Aquele que faz isso à queima-roupa é um bandido, um nome aliás conhecido no meio intelectual, cujos desígnios não compreendo. Devo esperar pelo tapete? Olho por uma janelinha, mas não vejo nada. Imaginar permanecer aqui, na prisão, toda uma vida, é terrível. Imaginar ou não imaginar? O que diria minha mãe? O que estamos fazendo? Tentando dormir. Às vezes sonhamos. Quando sonhamos nos libertamos mas não o sabemos. Mas despertamos: é abominável. Depois subitamente a porta se abre. Livre? Prepare-se. Pegue suas coisas. Eu me precipito. Num corredor cruzo com J. L. o jornalista, digo-lhe rapidamente o que aconteceu, e que mataram alguém, lanço isso a J. L. para avisar mas para mim é indiferente, corro quero sair, partir. Do lado de fora, a rua, não estou lá. Um café não estou lá. Por enquanto não sou. Só penso numa coisa: sair desse sonho atroz.

Foi tudo o que consegui sonhar como prisão.

sal na sopa

Imaginar ou não imaginar?

– Imagino que minha mãe me ouve pensar, se não a quem eu faria uma pergunta como essa? digo à minha filha. – E ela te responde? pergunta minha filha.

Acho que é ela quem me responde, à sua maneira. À sua maneira ela me manda suas autobiografias, por correio telepático: trata-se de um número não definido de documentos que surgem durante as buscas efetuadas no apartamento da minha mãe, e que ela me mandou por meio de um encaminhamento postal inabitual: por gavetas, caixas, malas, pastas. Difícil descrever. Podem-se comparar essas expedições a uma caça ao tesouro, a casa dela inteira é uma posta-restante. Não há qualquer restrição ou indicação de prazo. De repente, eu encontro, ou sou encontrada como por um sonho. Mas o que me chega não são sonhos, são espécies de autobiografias, pois como designar essas espécies de relatos cujas formas são sem igual, sem modelo, que são as obras ou crônicas breves das longas vidas e aventuras da minha mãe?

Em 2013 encontrei num dos trinta cadernos de contabilidade da minha mãe duas folhas soltas de um bloco de correspondência 14,8 × 21 cm bastante amareladas, grampeadas por dois grampos, preenchidas frente e verso em três faces com listas de cerca de vinte e quatro itens ou elementos como no catálogo de uma peça de teatro que eu mesma poderia ter lançado ali durante os preparativos de uma criação, exceto que encordoados por mim formariam um conjunto agitado, desordenado, semeado como um punhado de grãos sobre a página, ao passo que sob a mão da minha mãe tudo fica perfeitamente alinhado, cada um dos setenta e cinco artigos é precedido por um travessão, nenhum enunciado quer se estender para além de sua linha, a grafia é alta, firme com aqueles pontos ínfimos nas letras que lembram ao espectador (leitor) entomologista que o autor desses signos aprendeu a escrever na Alemanha, até mesmo alguém estranho à Vida do autor desses títulos alinhados perceberia ao primeiro olhar que se trata aí de um drama policial, desde as primeiras linhas, não há equívoco o quarto artigo anuncia: *primeira noite em Barberousse*, o seguinte diz: *processo*, e assim sucessivamente, nascimentos, abortos, mortes, traições

não tem título, mas as palavras "*O Processo*" se impõem, e sem nenhuma relação com a ficção de Kafka. Nas folhas, é o tumulto, ou talvez sob as páginas, ou na cabeça da minha mãe, mas para ela nem pensar em largar o volante, mesmo que as dezenas de fatos e de episódios se acelerem e pareçam montar uns sobre os outros.

A mim o que impressiona como o brilho da luz na saída de uma cave é a ordem, a ordenação, o contrário absoluto dos redemoinhos e turbilhões que se produzem em meus papéis assim que deposito traços sobre eles. Como é limpo, penso. E de uma economia admirável: em três folhas um volume de Dostoiévski.

Fatos, apenas fatos. Nenhuma contemplação dos humores. Então, que "contemplação"? Nenhuma das que Proust propõe, nem a do geólogo, nem a do botânico

Quando mostro essas folhas aos meus filhos, eu as chamo de "*Relatos bem-comportados*".

Começa por um nome próprio: Maître Beauvilliers.[23] É a única entrada que não é precedida por nenhum signo. Parece um título. Então seria o nome de um relato do século XIX. Mas não é isso. Mas a primeira linha é capital, o nome próprio que promete o segredo e nomeá-lo, e esse nome, essa pessoa, bem francesa, que dá o pontapé inicial.

– "Sal na sopa!" e essa agora! diz minha filha. Entre as vinte e cinco entradas de tom ameaçador ela elege sal-na--sopa, eu gostaria de saber o que a atrai,

– É a caligrafia de Ève? Agora essa! diz meu filho. Como é lapidar! Como é densa! Densa! Uma vida a cada duas linhas. O completo oposto das ruínas acumuladas. Pedras amontoadas numa gaiola, é a denegação do desenho. Ao passo que o conjunto construído por Ève tem um traçado espantosamente preciso

Essa pedra de Roseta é o quê?

– Os glifos de Ève. O que ela gravou para impedir o Esquecimento de devorar a tragédia. E para manter afastados os indiscretos

– Lolobrigida é o quê? diz minha filha.

– Um apelido, digo. É datado! E não acabo com o segredo.

– Tem só um *l*, diz o leitor.

– Está criptografado, diz o livro.

23. [N. T.] Em francês, *Maître* é a forma de tratamento que se usa para advogados ou oficiais de justiça em geral.

Econômica em espaço, Ève organiza a lista de tudo-no--alto a tudo-embaixo. Desce por graus. O princípio: o mais curto possível, o mais compacto possível. Uma linha, uma coisa, uma sintaxe condensada, assim:

– *não conhece o dossiê*

– *mulher no hospital não grávida*

O que é que está escrito?

– *primeira noite em Barberousse (tam-tam)*

– *processo: Maria não tem testemunha*

– *se ela for testemunha-cúmplice*

– Maria? Era a sua acusadora? Maître Beauvilliers? É a mesma? Não não. Os glifos maias resistiram por muito tempo, diz meu filho. A inacreditável e verdadeira história de decodificação, isso é muito lento, nós sabíamos que na escrita silábica cada sílaba é formada por quatro glifos, onças, macacos, personagens, bebê preto parteira sem diploma, com Maria, cenas obscuras diz minha filha, mulheres não grávidas, confundidas com mulheres grávidas, mãe branca, parteira grávida, erro: sem gravidez, muitas caligrafias ambíguas sem vogais, ora aí é o contrário: alguém entendeu que a mesma sílaba podia ser composta de vários glifos diferentes, bebê, diz minha mãe, criança, sexo: masculino, erro de sexo, escolha puramente estética, o contrário de uma polissemia, cesariana evitada, uma carteira escondida, roubada, poligrafia, mãe-solteira (orelha)

– "Mãe-solteira (orelha)", meu Deus! diz meu filho

– "Criança roxa" diz minha filha

– "Mãe, solteira, orelha", é tão infinito quanto "cervos cervos Francis Jammes, garfo", é o sésamo perdido, as chaves que não giram mais, as que a Bíblia deixa sobre uma prateleira para que Moisés, encontrando-as, saiba ao menos que ele estava exatamente nessa noite diante da porta da Terra prometida, se ele pudesse ter entrado, mas são chaves caladas, mas de todo modo chaves, orelha, garfo, há com o que sonhar, mesmo que o sonho tenha se retirado,

mesmo que eu tenha que ter reatravessado o rio de tenebrosos meandros com minha filha e meu filho ao meu lado, nós três, diante da porta de três folhas, podemos jurar ter passado o dia com minha mãe.

Ninguém me fará crer que minha mãe não existe mais, penso.

– "Criança roxa" diz minha filha

– "Corcunda cesariana"

O milagre não é Champollion, é a pedra de Roseta. O objeto bruto é inacreditável

– Porque glifo isso para você? diz meu filho. Ève a autora condensa, percute, o mesmo elemento está escrito duas, três, quatro vezes de acordo com o ângulo, de acordo com uma estética puramente Evesca, tenho a impressão de ver glifos, no aspecto código, várias menções para uma só coisa, Maria, ausência de regras,

– *Sal em Sopa*! grita minha filha, estou mistificada!

– É um extraordinário romance policial! diz meu filho

– É como um cabelo na sopa nessa lista, diz minha filha

– Um cabelo! grita meu filho! Ali! – Onde? – Ali:

– bebê preto mãe branca, à direita, entre – bebê e – *Maria-escrava*, logo antes de – *Sal em Sopa*,

e de fato ínfimo incolor microscópico 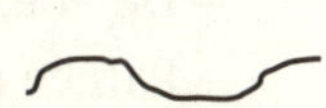
– quase ilegível, um cabelo de cor alguma, gravado, colado com fita adesiva, que transpassa a margem da folha vem se estender da frente até – *coloque o véu*, ao passo que no verso o cabelo começa a rastejar, serpente reduzida a nada, bem acima de – *véu ao partir*,

– Prova e assinatura, só pode ser o selo de Ève diz minha filha

– É difícil para mim ver que autor é capaz disso. Dupin talvez

– Está em código. Sem estar em código. É transparente. Para quem sabe. É para ninguém. É para ela própria. Está tudo lá nada está lá.

– Negado? diz minha filha. Imagine se isso cai nas mãos do inimigo? O inimigo tem que ser muito dotado. Quem é Maria?

– Maria não sabe ler, penso. – Você sabe? – Então quem sabe?

– Ève aprendeu estenografia, essa tomada de notas rápida, discreta, um método de camuflagem

– Nomes revelados, mas sem corpos, locais precisos, imprecisos, carregados de iminências sombrias, hospital, prisão, tribunal, dramas em algumas linhas uma multidão de personagens por trás das cortinas um mundo com forte coeficiente de incerteza, erro, confusão, inquietamente, fugas, véu, anel perdido, carteira desaparecida, criança suspensa, erro, sexo?

– Estou esperando a criança comprada

– "A criança comprada"?[24] É um conto de Kleist, diz minha filha

– De Poe, diz meu filho. Não comprada, *lacrada*

– Parece o Caderno 2 de Proust, diz minha filha

24. [N. T.] No original, "L'enfant acheté" (quando na verdade o conto de Kleist em francês é traduzido por "L'enfant trouvé" – "O enjeitado" ou "O órfão" na tradução brasileira. Em seguida, há um jogo com a palavra *cacheté*, certamente remetendo ao lacre (*cachet*) que sela a "carta roubada" do conto de Edgar Poe.

Para Maria
< boas quentes >
< perda seca >
Crente por supersticiosa

– Você sabe? diz meu filho. Quem comprou? A criança? A testemunha?

Um episódio difícil de relatar, obscuro, agitado, denúncia, perigo, reféns

– Eu sei, digo. Há uma ligação entre a entrada "– Estou esperando a criança comprada" e "mãe-solteira (orelha)"

– E no entanto, nota meu filho, tem dez artigos diferentes

– Está tudo conectado, digo, é linear porém entrecruzado

– Isso se chama esteganografia, você esconde um texto numa imagem, um texto num texto, uma tragédia numa comédia diz meu filho

– Ève gostava de codificação, diz minha filha. Ela detestava

– Ela anotava as mensagens dos oficiais americanos destinadas ao estado-maior, tinha o coronel que urinava na poltrona de couro de tão bêbado que estava ao ditar, depois ela não conseguia se reler. Em 1944. Estenografar em inglês

– Por que é que ela sempre perdia as chaves? Ela escondia tudo e depois perdia as chaves.

– Aqui, ela escreveu: "– Véu ao partir"? É um romance policial. Véu sobre Orã. Véu sobre Barberousse. Véu sobre Osnabrück.

– Ela deixou para mim as chaves e os enigmas, digo.

– Por que tem que ser um escaravelho que você põe no olho do crânio?

– Eu não sei. Diz minha filha.

– Eu sei, diz meu filho.

– Por que será que Ève salvou um fio de cabelo do trabalho do apagamento?

– SalemSopa, diz minha filha.

– Escaravelho, diz meu filho. Para que haja mistério.

– *Golden Bug*, diz minha mãe. *Bug*, você conhece essa palavra?

– Olhe essa lista, diz meu filho.

Eu olho: são colunas de tamanho igual. No início, quase--frases. "Processo: Maria não tem testemunha". Depois enunciados cada vez mais elípticos, a base da coluna diminui, por um efeito mecânico, até a base em que *Maria-escrava* é seguido de *sal em sopa* como se fosse necessário ver uma ligação secreta entre esses signos. Ou não.

– SalemSopa, diz minha filha, é de morrer de rir

"Processo" – "tal em sopa" é uma parelha. Essa é uma lista inquietante monumental, na qual tem um intruso que vem das cozinhas

– Uma atmosfera apavorante, vapores é quem? *who's there?*, tem bruxa no ar, meia-noite, faz frio nas muralhas do castelo

Entra: a Sopa.

– Para Ève, tudo começa e termina com a sopa. Isso desenha um mundo, de um lado as ameaças do outro a sopa, diz minha filha.

– De um lado *This side of our Known world*, do outro, o outro lado, o desconhecido, por trás da porta metálica, digo.

– O sal será um mais ou um menos: realça, ou estraga? Esconde uma imagem como a azeitona na empada.[25] É certamente, acrescenta minha filha, uma observação sobre a

25. [N. T.] O original remete à expressão "mettre du beurre dans les épinards"("colocar manteiga no espinafre"), que tem o sentido de acomodar, melhorar uma situação.

sopa servida em Barberousse. Ou então é a sopa servida na Clínica. "Preciso dizer a Zohra para não colocar sal demais na sopa para as paridas", anota minha mãe. Está incomível.

– Ève, digo, é a tal que põe sal em todos os meus pensamentos. Para ela, o sal na sopa tem o mesmo estatuto na página que o atraso da *criança comprada*? Ève, Ève, meu sal

Esse sal tem virtudes alucinatórias. Na vizinhança da sopa mencionada pode-se ler: – *Aeroporto 500 F(rancos). Revista*. Embaixo: *Eri cinto ouro*. Ouro sucede a sal. Sal em cinto. Escaravelho em crânio. Na minha cabeça, hoje: escrever, lavar roupa. Digo

– A menos que *Sal* esteja no lugar de ouro e sopa no de *Maria*: nesse momento poderíamos ler o item de maneira completamente diferente, diz meu filho

– Essa lista tem encantos obsedantes. Compreendo a obstinação de Champollion. Cativo do enigma

– Sob o efeito do documento, somos transformados em agentes secretos

Ève-Brecht:

Uma distribuição evoca todo um mundo fremente de intrigas: parteiras, grávidas ou não, cesarianas, evitadas ou não, filme-bolsa-d'água, prostituta mãe solteira criança morta nascida cinco quilos, partos sete meses abortar, e, aqui e ali, erro, erro, evitado. E a criança? Quem comprou a criança? Quem vendeu a criança? Ève-Gorki

Cativada pela Lista Autobiográfica da minha mãe, tive que fazer um esforço para me levar de volta a 1962, o último sobressalto da luta contra o anjo, a morte e a vida corpo a corpo, a travessia dos rios do tempo, a transformação da Clínica em Prisão, e inversamente, a festa e o aviso – o ano da independência da Argélia, enfim os condenados à morte são chamados de argelinos, os combates dos chefes se inflamam, minha mãe e a liberdade se cruzam diante da entrada-saída de Barberousse, é o Nascimento da Argélia, ela avança pelos corredores seguida por um cortejo barulhento de recém-nascidos de todas as cores e ninguém para imaginar em quem esses sucessores votariam vinte páginas mais tarde.

– Mas quem é Maria? Nenhuma indicação? Todo mundo pode se chamar Maria. Até Rilke. Até Remarque. Maria, homem, mulher?

– Não é – "Parteira (sem diploma) quer me empurrar seu gigolô"? diz meu filho.

– Oh não, não.

– É ela a Lolobrigida?

– Oh não não, digo. Maria é uma corcundinha.

É ela, corcunda-cesariana.

– Não se sabe nada. Você sabe tudo?

– Maria é a única personagem citada nomeadamente nesse longo relato criptografado, todos os outros são silhuetas de papéis. Maria era portanto bem conhecida de Ève. A Familiar. Como o Familiar de Fausto. Como a Estrangeira de Proust. À parte o posto de abertura ocupado por Maître Beauvilliers, que orienta a leitura rumo ao tribunal, assegura uma tonalidade ao todo, como Bernardo que todo mundo ouviu falar quando ele nos detém assim que colocamos os pés na plataforma de Elsinore para verificar nossa identidade. Maître Beauvilliers quer saber tudo sobre nós e não sabemos nada sobre ele. Ou sobre ela. Todos nós avançamos sob o controle da Autoridade Judiciária. Eis-nos conduzidos ao interrogatório. Isso é uma versão exótica do Diário de K., Ève K., em Barberousse.

Minha mãe ficou bastante surpresa quando teve que se render a essa evidência extraordinária: a primeira página de *Der Prozess* foi escrita por ela, exatamente, com uma ligeira diferença

(a vítima não é J. K., é Ève Klein, ou o contrário).

Vejam digo aos meus filhos. Lemos:

"Alguém certamente havia caluniado Josef K. (isto é, Ève) pois uma manhã ele (isto é, ela) foi detido(a) sem ter feito mal algum."[26] Em seguida digo, tem alguém que se apresenta todas as manhãs e que não se apresenta.

– Maria! adivinha meu filho. – Isso nunca tinha acontecido digo. Aliás, ela era indispensável ao funcionamento do prédio já que tinha as chaves do elevador. Eu continuo:

"Nesse momento bateram à porta, e entrou um homem que ele-ela ainda nunca tinha visto na casa. Esse personagem usava uma roupa preta e colante, provida de um cinto, todo tipo de botões, bolsos, não me lembro se havia alguma coisa na cabeça diz minha mãe. Além disso, eram dois. – Quem são vocês? Me espantaria se eu tivesse dito isso. Vi de imediato quem eram eles. Foi o mais graduado que me perguntou quem eu era, se era eu a parteira."

– O que isso quer dizer? diz minha mãe.

– Isso quer dizer que estava escrito, digo

– Ele escreveu isso quando? diz minha mãe.

– É alucinante, diz minha filha. Acho que vejo o nariz de Maria por trás dos policiais

26. [N. T.] Valho-me aqui da tradução de Modesto Carone (Companhia das Letras, 1997).

– Maria?! Era a acusadora dela? Maria é Maître Beauvilliers? É a mesma?

– Ah, não, não, digo.

– Ali, aponta meu filho, está escrito: "Elevador-sob".[27] Maria estaria sob o elevador?

– O elevador! O elevador está voltando. Ele funcionava com "soldos" Os soldos! Antigamente se pagava com soldos.

De soldo em soldo, minha filha subitamente se assoma: tinha alguém que roubava os soldos do elevador.

– Maria?! exclama meu filho.

– Ève jamais pronunciou esse nome, testemunha minha filha.

Ela a chamava por sua antonomásia. Havia uma guardiã da porta do prédio. A corcundinha.

– Maria é necessariamente alguém que vem da Espanha.

Colocarei Maria a acusadora num capítulo particular tratar-se-á de uma corcundinha, envenenada pelo ressentimento

Como ela vai fazer denúncia à polícia.

Uma mentira. Paga com amendoins por um inspetor de polícia.

Motivos do inspetor

Maria acuada pelo juiz de instrução. Safa-se sob a forma de um rato.

Ève K. recolocada em liberdade.

Maria grávida. Não conhece o pai.

– Maria era a Sra. Grubach? Ela era corcunda?

27. [N. T.] Aqui o jogo se faz com a palavra *sous*, que é preposição – "sob", como traduzido aqui –, mas também substantivo plural de *sou*, remetendo tanto a antigas unidades monetárias – "soldo", como traduziremos a seguir – quanto a dinheiro de uma maneira geral.

– Maria não é alemã. É espanhola. Não é espanhola. É argelina.

– Maria não é o verdadeiro nome dela.

– Qual é o nome argelino dela?

– Maria, diz minha mãe, deveríamos tê-la chamado de Maldade dizia Omi.

– O completo oposto de Felicidade, a pérola da Sra. Aubain.

Toda a sua vida sedenta de malfeitos, de vinganças, de invejas, principalmente contra as outras mulheres.

– Ela tenta vender a filha. Uma linda menininha. Não queria ficar com ela. Nem dá-la.

Um dia estudarei o arquivo Maria.

– Uma infeliz, diz minha mãe.

São pessoas complicadas. Mulheres que acreditam que são bruxas e que atacam de preferência mulheres que não acreditam nas bruxas. Montaigne as decifra, clareza luminosa e prudência generosa, em seu ensaio *Dos coxos*, um de seus últimos ensaios, belo como o lustre do seu testamento.

– Consultado sobre o caso de uma velha miserável realmente bem bruxa em feiura e deformidade, perguntei e conversei o quanto quis, prestando a mais isenta atenção que pude.

No final e em sã consciência, ele lhe receitou antes o heléboro que a cicuta.

Algumas acusadas como algumas acusadoras têm a feiura e os dedos aduncos, o queixo adunco, os dedos aduncos, as presas, a corcunda, que são os traços particulares atribuídos às bruxas, é o caso da velha Katarina

Kepler e o caso de Maria a Böse, igualmente, Maria, que também tinha um nome maléfico, elas têm entre setenta e oitenta anos, exceto a Böse, e também a Meier, que tinham apenas trinta e quarenta, mas a aparência de serem suas próprias avós, o que não impede Maria, torta, corcunda e *Böse* de aparecer grávida, tudo isso é suspeito, algumas como Anna, a mulher do farmacêutico Heinrich Ameldung nascida em Minden, e que veio para Osnabrück depois da morte precoce do primeiro marido, como minha mãe Ève Klein, de Osnabrück, que veio para Argel depois da morte precoce do meu pai em 1948, são mulheres notáveis, sem motivo de censura, trabalhadoras, e cuja beleza, que não é considerada um traço particular de bruxa, em vez de protegê-las, as desserve e se transforma em traço funesto, desvantajoso para elas, pois essa deformidade contrariada é suspeita.

A desgraça foi que a zeladora que está a serviço dos usuários do elevador, em particular das mulheres-grávidas--ou-não, e pode à vontade proibir ou permitir que passem, está envolvida com a instrução por todas as espécies de intrigas. As perguntas que a polícia lhe faz orientam a sua resposta, por exemplo se a farmacêutica não trouxe a filha para a dança das bruxas? Não teria ela visto a parteira segurar o amante sobre os joelhos sob a forma de um gato enorme ou talvez até mesmo na sala de trabalho, mulheres entraram na casa de manhã com galos brancos no cesto e saíram à noite com lactentes no mesmo cesto

Durante o interrogatório, a Sra. Ameldung disse na cara da sua acusadora: A senhora está mentindo! Ao que Maria teve a petulância de replicar: Não se faça de orgulhosa! Não é porque a senhora é parteira ou farmacêutica que está dizendo a verdade. Eu não tenho medo da senhora, meu protetor é a FLN. Barberousse lhe fará baixar a cabeça mais baixo que a minha bunda

– Você se lembra dos motivos da acusação?

– Por que a mãe da parteira, uma senhora de oitenta anos de olhos azuis penetrantes que seguia você por toda parte com o olhar, falava uma língua esquisita que sequer era o francês? A acusada não caiu do escabelo, há pouco tempo, sem se machucar? Enquanto a assistente dela desmaiou e permaneceu inconsciente até que a patroa a despertasse?

– Só tenho relatos, diz minha filha, a história do golpe armado, o caso do falso aborto, a namorada do inspetor que não estava grávida mas estava abortando, uma porção de anedotas heroicômicas, Omi irritadíssima gritando em alemão: "*du Lügensack!*", Ève tomada de mutismo, as cenouras servindo de rolinhos para as mises-en-plis em Barberousse, o juiz que pergunta ao inspetor onde estão as testemunhas da testemunha Maria Böse, quem são os cúmplices das testemunhas, o inspetor que passa a mão no pescoço fixando o juiz com ódio, ela foi retirada dali por um advogado da FLN – era uma advogada digo, Maître Beauvilliers

Por que a senhora retirou os ganchos de prata do espartilho ao chegar à prisão? E a senhora os enviou para casa? Como explica que era Fatma, a cozinheira que roubava os bifes, que lhe levava a cesta de alimentação em Barberousse? Uma pobre mãe de família com dois filhos na prisão e sem marido. Essa mulher reconheceu que depois do roubo do anel a senhora não tinha feito queixa. Por que a senhora manteve uma delinquente ao seu serviço? Tudo isso é corrupção

Como você queria que eu respondesse? Como você explica o enigma? Por que compro bifes nas Galeries de France? Por que as paridas comem bife, e Omi não, por que a cozinheira também mesmo que prefira peixe, mesmo que à velha senhora estrangeira de olhos azuis penetrantes sirvam carne moída, esperamos uma explicação. Isso ocorria em outubro de 62.

Que 62? O de 1962 que descende do de 1662 que descende do de 1462,

e como explicar que Kheira tenha desmaiado duas vezes e que tenha sido minha mãe quem conseguiu reanimá-la?

É sempre a mesma antiquíssima peça de teatro, com as mesmas personagens desafortunadas, de Zeami a Shakespeare, mulheres culpadas de inocência e condenadas por inocência,

de que adianta ser inocente? Eu não tinha imaginação, quanto menos você é culpada, mais é culpada de ser inocente mais tem dificuldade em se defender mais é excedida pelo ataque mais você é menos forte quanto mais irrepreensível mais parece suspeita, a única que me deu um bom conselho foi a patroa do bordel. "Senhora K., jamais confesse", se não você confessa, como aquela pobre Sra. Modemann, que dormiu com o diabo e sacrificou lactentes, por temor da *Wasserprobe* e por nada, você ainda assim é torturada, decapitada em público além de ter sacrificado a sua inocência sob o mau conselho de uma ilusão.

Até a palavra inocência é envenenada, na boca da inocente ela se torna perigosa e pérfida, parece transformar a virtude em enganação e a honestidade em tecido de hipocrisias. Em vão a velha Sra. Modemann explode de indignação como a velha Sra. Klein, Omi, minha avó. Em vão minha mãe não diz nada, a malha volta a se fechar

– Apesar de tudo, diz minha filha, é uma história de dimensões humanas, em 62 você pode ir ver um juiz e falar com ele. Havia também a onipotência da FLN. Foi a FLN do inspetor que a colocou em apuros. Foi a FLN de Ben Bella que a colocou em liberdade. Era uma onipotência dividida em várias FLNs, a falsa, a verdadeira, era um mundo ainda shakespeariano que funcionava por reconhecimento humano. Uma história de loucos e de falsos, diz minha mãe, sequer sei quem era a FLN. A meu ver Maria era a marionete do inspetor de polícia que "protegia" todas as funcionárias da rua – agora – Larbi Ben M'hidi, se tivesse sabido, não tenho certeza de que ele a teria "protegido". Mokrane me disse que esse Larbi Ben M'hidi era um justo. É mais difícil ser um justo depois da guerra do que durante a guerra.

A completar quando o livro se passar na Argélia e não na Alemanha. Falta aqui: "O complô" com todos os comparsas. A falsa cliente. A falsa acusação. Os falsos certificados. Intrigas laterais: minha mãe e o Diretor da Prisão. Minha mãe e Maître Beauvilliers. Maître Beauvilliers e Ahmed Ben Bella. Daí, a população de Barberousse. Os primeiros passos do grande povo argelino.

Eu direi

Um país nesse estado indeciso, palpitando entre dois estados,

o estado dos começos, o ano I da Argélia – como o ano I do Império romano, como o ano IX do Império germânico

o estado dos fins, os últimos instantes do Império colonial francês, cento e trinta e dois anos consumidos em um, dois, três dias, ou talvez três horas, um povo imenso sublevado por duas marés contrárias simultâneas, esse momento de estremecimento de todo um mar que se revira em seu movimento contrário de um segundo ao outro

e de repente minha mãe, que faz corpo com os corpos argelinos como nunca fez com os corpos alemães, é expulsa como um corpo estrangeiro, como um mar de uma onda à outra, excomungada

quando enfim em 1971

ela parte sob a aparência de Kheira, com os seus sapatos alemães

"chegada" à França, onde ninguém a espera, nem H. está lá

e a sua definição, nem alemã, nem francesa, nem repatriada, e, para terminar,

Eu direi:

Algumas parteiras *verleumdet* em Osnabrück que num primeiro tempo faziam a fuga em plena noite, e conseguiam se esconder numa outra cidade, persuadidas por uma ilusão de causas muito diversas, ou levadas pelo demônio da perversidade, como a Roxana de Defoe, como Grete Stalmann que tinha se refugiado em Tecklenburg depois voltava para Osnabrück por iniciativa própria, executada, voltavam ao fim de certo tempo aos locais da fatalidade onde as esperava o carrasco.

Desde então minha mãe guarda o véu de Kheira no seu armário da Clínica, do outono de 1962 até a primavera de 1971 na mala

Não sei quando, em que data minha mãe escreveu às pressas e estenograficamente sua *Vida de uma Fugitiva*, se foi em 62, ou em 71, ou ulteriormente no temor de ver a memória fugir. O documento revela pressa e alerta. E vertigem da repetição.

Duas vezes a prisão? É inverossímil, penso. No entanto a cena se repete. Novamente dois policiais. A porta. Acredita-se que é uma alucinação. Dois conselheiros de preto, à porta de Anna Schreiber. Entre as duas detenções, terá minha mãe ficado livre? Uma vez fora da prisão, a acusação não cessa. É uma doença crônica do destino dela.

Em seu relato interior, os dois acontecimentos coincidem. A fuga terá durado dez anos. Como se ela tivesse dado a volta em Barberousse para evitar a Bocksturm passando pela Bouzaréah e pela Casbá de parto em parto para se ver novamente diante da porta metálica.

1971 germina no ventre de 1962. 1962 está encistado em 1971. Na precipitação o relato perde a cabeça, o aeroporto precede a prisão, o véu vem muito tempo depois da partida

– erro: não há gravidez
– aeroporto 500 F revista
– Eri cinto ouro
– véu ao partir

– anel perdido

o relato confunde, se engana de erro, perde o anel, tropeça no véu de Kheira, no qual não é Kheira mas Ève que encarna Kheira, tudo re-começou essa manhã é 1º de abril, são 8 horas, sigo Ève à Prefeitura estado civil para declarar um n.m. (natimorto) de uma mulher M. (muçulmana) sem documentos. Uma funcionária, Fatiha T., vem me buscar: dois policiais na Clínica. Recebem-me com dois autos de notificação fechamento-Clínica-até-nova-ordem-Inventário. Produzir todos os documentos contábeis. Exercício a título privado parteira interditado. As doentes são evacuadas para Durango. O pessoal deverá fazer pedidos de realocação. Todo mundo às lágrimas. Parece que há oito clínicas de franceses atingidas.

Minha mãe percebe no fundo do corredor a grande massa sem janela de Barberousse. Um avião decola tão perto que os cabelos do pessoal se eriçam em suas cabeças.

Às treze horas minha mãe faz duas malas e uma terceira com suas coisas de verão. Mokrane a ajuda a preparar caixas de roupa. Ela telefona para R., ele está resfriado. M. D. ia se deitar. Kheira está vindo. Ela lhe dá o véu de presente. Elas levam as malas para baixo.

Cheguei ao aeroporto e parti. Adeus Argélia meu amor. Tudo isso em francês.

E quando ela chega em Paris, H. não está lá, acabou de ir para o Canadá. Ève se pergunta como se diz “fechamento-da-Clínica-até-nova-ordem”, no capítulo Nova Ordem de *Der Prozess*

De repente tudo está na Mala. Ela assume uma importância capital.

É o avião e a casa

Está cheia de vozes. Contém anos, os gabinetes da memória, os signos das emoções. Vida portátil.

Em duas malas trinta anos. E a terceira.

Não se pode partir sem, sem si, sem pele, sem os corpos para o verão e para o inverno

O domingo 14 de outubro de 2018 estava fresco e magnífico, Ève completou cento e oito anos é a hora, última mudança, fiz as últimas malas dela. Como "fazer" para "fazer" a casa que é preciso desfazer, de que devemos ao fim nos desfazer? O seu corpo-apartamento, inesgotável: cada tempo de mudança despojamento liberta um outro tesouro, retira-se, arranca-se, expulsa-se, esvazia-se, quebra-se o selo e o corpo põe no mundo mais um segredo

O livro da mudança despojada leva anos. Há cinco anos que me dedico totalmente a construir uma pirâmide ao avesso

Fazer com que retornem minha mãe e todas as suas bagagens, contendo ruínas e tesouros, a casa Ève à minha casa, tesouro de ruínas entrepostas na minha mala-mental, é um trabalho que tem que ser interminável, como a transferência de uma vida cheia de vidas para a Grande Biblioteca, isto é, a Mala Nacional.

Sou a Arqueóloga do Corpo Terrestre de Ève, quarto após quarto, absorvo. – Você está me sepultando? diz minha mãe. A voz dela me segue de cômodo em cômodo. Me recomenda que não me desfaça de suas tábuas para almoço, gosta delas. Eu ia jogá-las fora. Ela vê tudo.

Quando se cansou, em 2013, minha mãe morreu, seu apartamento não a acompanhou, ele esperava na porta o retorno dela, se minha mãe tivesse tido um cachorro, teria sido esse apartamento que permaneceu diante da porta, sem se mexer

durante cinco anos, e em seguida foi preciso se render à evidência, ela não voltará aqui,

não é possível durar para além do fim da realidade

A casa de Saint-Gothard é que era o corpo do seu corpo, única moradia que ela produziu, fabricou, nidificou. É o apartamento dela aquele que não lhe roubaram (como o de Argel), aquele de que ela não fugiu (como o de Osnabrück), eu queria ter alojado minha mãe-casa na minha, cuidar dela como eu tinha feito com Ève.

Eu a desfiz. Esvaziei. Eviscerei. Meses. Arrumei. Maldisse e adorei. Tudo o que as entranhas têm para me dizer eu anotei. Não pensava: estou esvaziando a minha mãe. Mas meu corpo só pensou nisso.

Admito que sigo o meu gosto por todos os escritos da mão dela, mais do que o gosto dela, por suas quinquilharias e bibelôs

Sublimação e violência: a cada vez que vou lá, ponho-me à mesa-canibal. Como um pedaço-de-mamãe. Na avenida, dita avenida Crotty pela minha mãe, dita avenida Jangada da Medusa pelo meu livro, meu corpo reage, eu me roo, fico com dor nas costas. Tudo está terrivelmente animado na pirâmide, algazarra da louça na cozinha. O apartamento ruge, resmunga, vamos acabar com isso, empaca, teima. Chega! diz a voz da minha mãe, não me toque,

A Arte do sacrifício eu não tenho. Esvaziei o apartamento da minha mãe. Esvaziei a mim mesma.

Apenas as Malas permanecem em silêncio

Apenas as Malas permanecem sós

Nos armários do corredor no alto duas enormes Malas que deviam ser enchidas de roupas e de silhares hibernam.

Meu filho trouxe para baixo uma enorme mala preta, a Mala está dormindo sobre a mesa da cozinha. Eu a contemplo: ela sonha. Onde se passam os sonhos?

– Estou revoltada com o comando dessa cidadezinha que eu achava que era honesta e de esquerda. Descubro placas de interdição como olhos mortos em todas as esquinas. Uma jovem mãe violada com um bebê que lhe fizeram um pobre bebê metade louco metade moribundo, com a cabeça caindo, ninguém cuida dele. Apresso-me em vão para me preparar, todas as minhas coisas jazem no chão, roupas, álbuns fotografias fico incomodada pela tampa que volta a cair sobre mim. Preciso ir embora daqui. Mas como? É claro que Ève deve voltar, mas quando? amanhã? Pergunto a todo mundo onde encontrar um táxi, ninguém responde, aos poucos todo mundo derrete e desaparece, dirijo-me em inglês a um passante, a silhueta dele me lança duas palavras em francês: "Cale-se". E some.

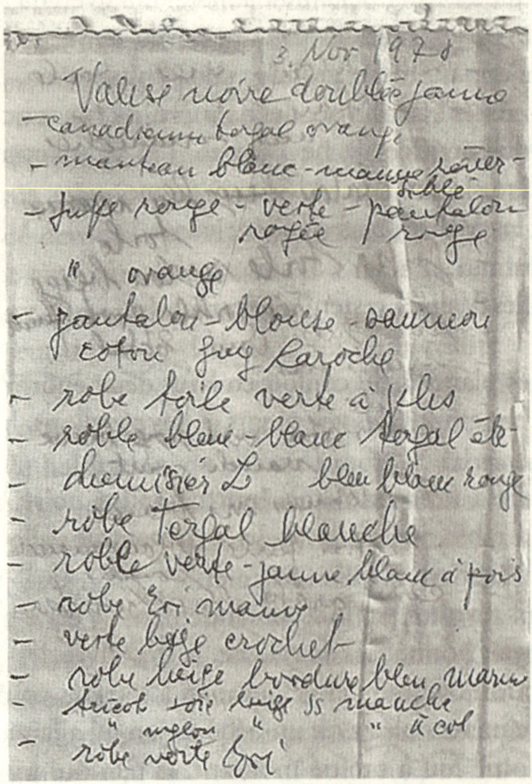

3. Nov 1971
Valise noire doublée jaune
– canadienne tergal orange
– manteau blanc-orange [illegible]
– jupe rouge - verte - pantalon rosée / rouge
" orange
– pantalon - blouse - saumon coton [illegible]
– robe toile verte à plis
– robe bleue - blanc tergal été
– chemisier L bleu blanc rouge
– robe tergal blanche
– robe verte - jaune blanc à pois
– robe [illegible] marron
– verte beige crochet
– robe beige broderie bleu marine
– tricot soie beige ss manche
" nylon " " à col
– robe verte [illegible]

Detalhe de um inventário pertencente à grande Mala de Ève, expulsa de Argel em 1971.

Alguém me lança uma indicação numa língua estrangeira, ouço uma sílaba “Turm”, isso quer dizer o quê? Torre? Ou Tormento? Não ouso me aventurar do lado de fora sem mais precisões. Partir! partir! mas para onde, sem meios, sem companhia, prenhe de segredos e indignada.

– Ela está falando! diz minha filha. É inacreditável!

Ouso despertá-la. Para dentro! Oh dezenas de álbuns de ouro e de prata cintilam toda uma vida de Ève, dezenas de trajes de todas as cores, mais uma outra vida inteira. E: o Índice: como um Prólogo suntuoso a uma peça de Shakespeare, numa folha de caderno frente-verso em que a sua caligrafia forte e firme sobre as pernas apresenta o Inventário. O Inventário monologa de acordo com a sua Lei: no começo há A Mala.

– Mala preta forrada de amarelo

em seguida:

– canadiana tergal laranja

– casaco branco malva reversível

– vestido tela verde plissado

– vestido bege borda azul-marinho

– corpete linho azul branco vermelho

e assim sucessivamente, um registro minucioso, não se pode não lembrar do Anjo secretário fazendo listas de todos os animais selvagens e domésticos que embarcam na Arca, isso me impressiona, uma iluminação. Digo à minha filha: mas é a Arca!

– A Mala preta com seu forro amarelo está na Mala! É a Arte de Ève. A Arca está na Arca. A Arte é quando o continente se torna o conteúdo. Diz minha filha.

– Ela põe a mala dentro da mala. Trata a mala como um casaco, como um livro, assim como ponho todas as Osnabrücks inclusive *Osnabrück* em Osnabrück, digo

– Ève é a pessoa no mundo que mais perdeu, diz meu filho

– Eu nunca perco nada, diz minha mãe

– Ève arruma tudo para não perder. A cada iminência ela partiu pondo tudo na mala, diz minha filha

– Ela fazia duas malas, diz meu filho. Você conhece o enigma: dois cofres fechados a chave cada um contendo a chave do outro. Isso faz dois livros. Já tenho os seus três próximos livros.

– Nunca perdi o Norte, diz minha mãe

– Ouço os gritos dela, vou descer rápido, digo. – Perdida! Perdida! Os cem anos dela tremem, ela está de pé, velhíssima, sem dentes, pânico, quatro horas da manhã, estende três folhas arrepiantes: Primeira folha: Eu não/ encontro a minha mochila. Segunda folha: Eu/ não encontro/ a minha/ mochila. Terceira folha/ Meu robe de chambre/ rosa/ na mala/ preta/ forro amarelo pfv. A caligrafia tão pálida, caneta certamente seca. Eu ponho o robe de chambre na mala. Tiro a mochila da mala, resmungo: quatro horas, pavor. Salvas. Ela diz: obrigada. A mala volta a dormir. Ela procura em toda parte com o olhar o que esqueceu, reflete longamente. Abre a mala. Toda a sua memória do ano. Examina longamente as três folhas. Hesita. Coloca-as na mala. Uma carta da Prefeitura de Osnabrück. Na mala.

– Ela nunca perdeu as malas. Diz minha mala. A necessidade absoluta de que cada coisa esteja em seu lugar, no interior da Mala.

– Não são malas de viagem, digo.

– Muralhas, diz meu filho.

– É em mim que vocês estão pensando? diz a muralha de Osnabrück.

– Ela nunca partiu. Diz minha filha. Não em viagem.

– Ela sempre partiu sem retorno, diz meu filho.

– No lugar do retorno, as malas, digo.

– No momento em que parto, já estou pronta para voltar a partir, diz minha mãe. Sempre estive pronta às quatro horas da manhã. Quando eu tinha seis anos, no primeiro dia da escola, Omi me encontrou toda vestida, de sapatos, na cama. Pronta para a vida

– Estou me transformando na mala da mamãe, digo, trata-se de fazer com que tudo entre num livro

– Estou lá dentro? diz meu filho

– Eu ficaria surpresa se você não estivesse na lista, diz minha filha

– Então vou pôr o meu chapéu no alto da cabeça, diz meu filho. Cada coisa em seu lugar

Minha filha recoloca o índice da mala na mala

Não sou eu quem fecha a tampa

posfácio

"Tudo está perdido, guardemos a perda": das ruínas que rangem em Hélène Cixous

Marcelo Jacques de Moraes

Para Flavia Trocoli, que me encorajou a começar a ler Hélène Cixous.

Neste romance, originalmente publicado na França em 2020, sob o título *Ruines bien rangées*, Hélène Cixous expõe e dispõe, costura, entrelaça, arruma – *range* –, mas também desarruma, desarranja, perturba – *dérange*, poderíamos dizer – lembranças e relatos, lembranças de relatos, relatos de lembranças. Ruínas não tão bem-comportadas, portanto, que se materializam por meio de narrativas, cenas e diálogos sempre cheios de lacunas e pontas mais ou menos soltas.

Tudo se emaranha em torno deste "Centro do centro do mundo" (título do primeiro capítulo do livro) que é Osnabrück, pequena cidade alemã onde viveu na infância Ève Klein (1910-2013), a mãe da narradora-autora, que deixa a cidade em 1928 por conta da ascensão do nazismo e da perseguição crescente aos judeus. Mas se Osnabrück figura no romance como matriz da memória familiar, ela aparece também como palco da história: fundada em 783 por Carlos Magno, foi em seu rio Haze que 127 parteiras foram afogadas como bruxas em 1641; foi em sua prefeitura que foi assinado o Tratado de Westfália de 1648, que pôs fim à Guerra dos Trinta Anos, deflagrada por conflitos entre católicos e protestantes; Hitler teria passado por lá em 1926, já como ativo líder do Partido Nacional-Socialista; e a sinagoga da cidade, construída em 1906, foi incendiada em novembro de 1938 na terrível Noite dos Cristais.

Não é o caso de me deter aqui na análise da perspectiva propriamente histórica que o romance permite evocar, mas são justamente as "ruínas bem-comportadas" da sinagoga de Osnabrück, seus "ossos", o que dela restou "depois da incineração" – os ossos igualmente *bien rangés*, "bem-comportados", como diz também o texto em certo momento –, que, conservados sob a forma de um memorial, alegorizam o que se encontra subjacente ao próprio processo de escrita da narradora-escritora: "Esses restos cuidados, etiquetados fechados numa gaiola", afirma ela, "são um retrato das minhas ruínas interiores".[1]

Pois esse romance, assim como tantos outros do longo e interminável ciclo de romances de Hélène em torno de Ève,[2] é, de certa forma, parte do processo, também ele interminável, evidentemente, de revelação – penso aqui no sentido fotográfico do termo, o do processo lento, que pode ser infinitamente refeito – desse retrato, através da dispersão, para fora da "gaiola" interior, pela escrita, das ruínas que o compõem ou decompõem, das ruínas que compõem ou decompõem esse *muroir* (com "u", de *mur*, muro, e não com "i" de *miroir*,

1. CIXOUS, Hélène. *Ruínas bem-comportadas*. Trad.: Marcelo Jacques de Moraes. Belo Horizonte: Relicário, 2025, p. 83. [N. E.] Para as citações, neste prefácio, de *Ruines bien rangées* (Paris: Gallimard, 2020), será usada a presente tradução da obra.

2. Para citar alguns: *Osnabrück* (1999), *Hyperrêve* (2006), *Ève s'évade* (2009), *Double oubli de l'orang-outang* (2010), *Gare d'Osnabrück à Jérusalem* (2016).

espelho), esse "murespelho"[3] espectral através do qual vemos (ou não vemos) a narradora-autora desses romances – aquela que chamamos de Hélène Cixous. "Murespelho, espelho de todos os muros que cingem minhas vidas e, portanto, meu pensamento", como diz a própria Cixous, na resposta que dá a Cécile Wajsbrot, que lhe pergunta, numa das cartas que ambas trocaram entre 2012 e 2014, publicadas em 2016 sob o título de *Une autobiographie allemande* [Uma autobiografia alemã], sobre como ela se sentiu diante da queda do Muro de Berlim. Eis a resposta:

> Eu tive a sorte, muito fatídica!, de ter *tocado*, conhecido, *experimentado* o Muro, o muro dos muros, o murespelho, espelho de todos os muros que cingem minhas vidas e, portanto, meu pensamento. (Cixous e Wajsbrot, 2016, p. 33)

E um pouco adiante, depois de ter descrito uma cena que teria vivido diante do muro real, Cixous continua:

> O Muro é uma figura da desconstrução: 1) Ele sempre já caiu, era evidente. 2) ele permanecerá, invisível, tenaz, fantasma, sempre, *depois da queda*. Sempre há muro. Na Alemanha ele foi transposto em simulacro real. Mas cada Estado sobe muros. Não se pode vê-los. Mas basta estender os braços para tocá-los com os dedos. Evidentemente o dia em que o Muro pareceu cair eu me regozijei: não haveria mais aqueles mortos jogados como pasto para o muro.
>
> O Muro foi se fazer ver alhures.

3. Agrada-me também a ideia de traduzir a palavra, mais etimologicamente, por "muradouro" (muro + miradouro), que remeteria à amplitude desse olhar.

A literatura: ela ladeia os muros ao infinito, para tentar atingir a fenda por onde se insinuar *para o outro lado*. Se mantém na zona-fronteira. (Cixous e Wajsbrot, 2016, p. 33-34)

Faço esse preâmbulo entre as ruínas e os muros para situá-los como imagens de pensamento caras a Hélène Cixous. "Arrumar" – *ranger* – ruínas, fazer com que se tornem "bem-comportadas" – *bien rangées* –, também não deixa de ser um modo de reconstruir muros. E talvez possamos dizer que é na insistência da narradora e das vozes que ela faz falar, na insistência de desarrumá-las, de as *déranger*, de perturbá-las, de fazê-las justamente "ranger", em português (voltarei a esse verbo), que essas ruínas se tornam capazes de "expressar as vidas perdidas" que as "habitam", que elas "guardam". Eis como em certo momento, num diálogo entre algumas das vozes que falam no romance (aqui, a mãe Ève, a filha-narradora-autora e o filho desta, embora nem sempre o leitor consiga saber precisamente quem fala), o "bem-comportado" memorial da sinagoga de Osnabrück aparece como um muro sem fendas que arruma as ruínas de tal modo que não as deixa falar – nem ranger:

– Pedras amontoadas, não tem mais desenho. Francamente não gosto desse memorial. Mostram-se as pedras esconde-se a destruição. Falta a morte. Não tem a ruína. Foi retirada. O que abala na ruína, o que faz com que se amem as ruínas, foi afastado, esterilizado, desertado

– *Ich bin ein Ruin/ Geht mit Urin*, diz minha mãe, em alemão é masculino.[4]

4. Deixo aqui a ponta solta do trocadilho gratuito em alemão entre *Ruin* (ruína) e *Urin* (urina), que ilustra o gosto de Ève pela rima, que se traduz em Cixous pela exploração da materialidade sonora da língua.

> – A ruína exsuda, um suadouro, você vê a natureza rebrotar por sobre a ruína. A ruína rebrota. Uma narrativa começa. (...) Uma ruína é habitada. Ela expressa a vida perdida, guardada
> – Pobre ruína, diz minha mãe. Ela não teve sorte
> – Esse memorial é mudo, diz meu filho. Falta-lhe um traçado. Uma ruína precisa de linhas para falar. (Cixous, 2025, p. 69-70)

Aliás, no final da carta que encerra a referida correspondência com Cécile Wajsbrot, à Berlim que frequentara com Ève, sua "Alemanha encarnada", a essa Berlim em relação à qual ela sempre tinha a sensação de que a "recebia" e a "esperava" quando ia para lá, ainda que não estivesse com a mãe, a essa Berlim com Ève, Berlim dos aspargos e da cerveja, Cixous contrapõe a "eloquência impressionante" de alguns de seus prédios e monumentos, a "força de 'legendificação' que *possui* a cidade inteira". Cixous conclui a carta, antes de despedir-se de Cécile, com a frase que reproduzi no título desta breve apresentação: "Tudo está perdido, guardemos a perda" (Cixous e Wajsbrot, 2016, p. 105-108).

São, portanto, as ruínas habitadas da memória, aquelas que "guardam a perda", que é preciso ativar pela escrita. Ladeando os muros visíveis ou invisíveis que "escondem a destruição", encontrando-lhes as fendas, as rachaduras, as frestas. Desarrumando, assim, as ruínas. Fazendo-as ranger.

Nesse contexto e no rastro do próprio trabalho com a língua entre línguas, entre "línguas cheias de línguas" (Cixous, 2000, p. 10), característico da escrita de Cixous, que abusa das aproximações e jogos de palavras mais improváveis com base na materialidade sonora da língua (o gosto pelas rimas de Ève e a infância entre o francês e o "alemão de casa" não são estranhos a isso), eu poderia propor o que talvez fosse uma tradução, se não mais apropriada, ao menos alternativa à tradução semântica do título do romance. É a do título deste ensaio: *Ruínas que rangem*... ou *Ruínas bem rangentes*...[5]

É claro que, ao explicitar o sentido mais ruidoso e instável da ruína, retiramos o que talvez fosse a carga irônica do título. Mas é importante ter claro de saída que as ruínas de Cixous estão longe de serem "bem-comportadas" (adjetivo que escolhi para o título deste livro pela consonância com a tradução brasileira das *Mémoires d'une jeune fille rangée*, de Simone de Beauvoir, por Sérgio Milliet, que optou por *Memórias de uma moça bem-comportada*). Longe disso, esse lugar de memória que Osnabrück se torna na escrita de Cixous é infestado por toda espécie de fantasmas, de "retornantes" mortos e vivos, a maioria deles assassinados, que não cessam de voltar a partir, de voltar a se perder, cujos passos, rastros e palavras ressoam e rangem sem fim, como ruínas ou "ossos" não tão bem-comportados como os do memorial da velha sinagoga incendiada, mas espectrais, movediços. E que, insinuando-se, insurgindo-se, eclipsando-se, violando-se, também se alegram e se revitalizam em sua sobrevivência pela própria escrita, entre a realidade e a ficção, entre a história, a literatura e a filosofia, entre línguas e línguas. É por meio desse rangido ressonante das

5. Aliás, numa rápida pesquisa sobre a evolução de *ranger* e "ranger" na história do francês e do português, respectivamente, pode-se verificar que, enquanto o *ranger* do francês deriva diretamente de *rang*, fileira, cuja aparição mais antiga remonta, segundo o Littré, ao *renc* do provençal, referindo-se ao círculo, ao anel, à ordenação – o Littré menciona ainda, entre outros, o *rank*, do inglês, ou o *hring*, do alemão antigo, que daria em *rang* no alemão e no sueco –, o "ranger" da nossa língua portuguesa remonta ao latino vulgar *ringor*, rosnar. Curiosamente, podemos ainda encontrar referências comuns a *enger*, em francês antigo, que remete a infligir, afligir e também a infestar, multiplicar (Brunel, 1962). E que talvez também tenha algo a ver com *anger*, do inglês.

ruínas que se materializa e se introduz (ou se *intraduz*, para lembrar Augusto de Campos e Jacques Lacan, que se valeram do neologismo) o vertiginoso trabalho do sentido na escrita de Cixous.

Nesse sentido, podemos evocar a longa cena em que a narradora-autora do romance "imagina" que a mãe lhe envia, "por correio telepático", "suas autobiografias", que ela descreve inicialmente assim:

> (...) trata-se de um número não definido de documentos que surgem durante as buscas efetuadas no apartamento da minha mãe, e que ela me mandou por meio de um encaminhamento postal inabitual: por gavetas, caixas, malas, pastas. Difícil descrever. Podem-se comparar essas expedições a uma caça ao tesouro, a casa dela inteira é uma posta-restante. Não há qualquer restrição ou indicação de prazo. De repente, eu encontro, ou sou encontrada como por um sonho. Mas o que me chega não são sonhos, são espécies de autobiografias, pois como designar essas espécies de relatos cujas formas são sem igual, sem modelo, que são as obras ou crônicas breves das longas vidas e aventuras da minha mãe? (Cixous, 2025, p. 115)

Depois de descrever três folhas soltas encontradas entre esses documentos, "preenchidas (...) com listas de cerca de vinte e quatro itens ou elementos como no catálogo de uma peça de teatro que [ela] mesma poderia ter lançado ali durante os preparativos de uma criação" (Cixous, 2025, p. 116), destacando a perfeição do alinhamento da página e a firmeza desenhada da caligrafia de Ève, a narradora aponta o que a "impressiona" particularmente ali, "como o brilho da luz na saída de uma cave":

> (...) [É] a ordem, a ordenação, o contrário absoluto dos redemoinhos e turbilhões que se produzem em meus papéis assim que deposito traços sobre eles. Como é limpo, penso. E de uma economia admirável: em três folhas um volume de Dostoiévski.
>
> Fatos, apenas fatos [continua a narradora]. Nenhuma contemplação dos humores. Então, que "contemplação"? Nenhuma das que Proust propõe, nem a do geólogo, nem a do botânico Quando mostro essas folhas aos meus filhos, eu as chamo de "*Relatos bem-comportados*". (Cixous, 2025, p. 116-117)

Produz-se, então, um novo diálogo entre a narradora e os filhos, em que as linhas que constituem os relatos de Ève são confrontadas com as "pedras amontoadas" na "gaiola" do memorial da sinagoga de Osnabrück:

> – "Sal na sopa!" e essa agora! diz minha filha. Entre as vinte e cinco entradas de tom ameaçador ela elege sal-na-sopa, eu gostaria de saber o que a atrai,
> – É a caligrafia de Ève? Agora essa! diz meu filho. Como é lapidar! Como é densa! Densa! Uma vida a cada duas linhas. O completo oposto das ruínas acumuladas. Pedras amontoadas numa gaiola, é a denegação do desenho. Ao passo que o conjunto construído por Ève tem um traçado espantosamente preciso
> Essa pedra de Roseta é o quê?
> – Os glifos de Ève. O que ela gravou para impedir o Esquecimento de devorar a tragédia. (Cixous, 2025, p. 117)

Seguem-se exemplos dos mais diversos itens que compõem as entradas das listas, palavras soltas, nomes próprios, pedaços de frases, tudo remetendo ao dia a dia da casa, a personagens mais ou menos inidentificáveis, ao trabalho de Ève como parteira, a uma estadia na prisão. "É um extraordinário romance policial" (Cixous, 2025, p. 119), diz o filho da narradora.

Mas, longe de se arrumarem no livro de Hélène Cixous como objetos numa mala – "Estou me transformando na mala da mamãe, (...) trata-se de fazer com que tudo entre num livro" (Cixous, 2025, p. 142), diz a narradora, ao final da obra –, esses "Relatos bem-comportados" de Ève, de certo modo, não deixam de se oferecer como aqueles "redemoinhos e turbilhões" que definem para a autora-narradora seus próprios manuscritos. A partir de um deles, chamado pela narradora de "Vida de uma Fugitiva", em que Ève teria feito notas sobre a saída da Argélia, ela escreve:

> De repente tudo está na Mala. Ela assume uma importância capital.
> É o avião e a casa
> Está cheia de vozes. Contém anos, os gabinetes da memória, os signos das emoções. Vida portátil.
> Em duas malas trinta anos. E a terceira.
> Não se pode partir sem, sem si, sem pele, sem os corpos para o verão e para o inverno. (Cixous, 2025, p. 137)

E algumas linhas mais adiante:

> Fazer com que retornem minha mãe e todas as suas bagagens, contendo ruínas e tesouros, a casa Ève à minha casa, tesouro de ruínas entrepostas na minha mala-mental, é um trabalho que tem que ser interminável, como a transferência de uma vida cheia de vidas para a Grande Biblioteca, isto é, a Mala Nacional.

> Sou a Arqueóloga do Corpo Terrestre de Ève, quarto após quarto, absorvo. – Você está me sepultando? diz minha mãe. A voz dela me segue de cômodo em cômodo. (...) Ela vê tudo. (Cixous, 2025, p. 138)

Para concluir, relembro uma das frases da já referida *autobiografia alemã* que define de certo modo o que faz a literatura, segundo Cixous: "Ela ladeia os muros ao infinito, para tentar atingir a fenda por onde se insinuar *para o outro lado*. Se mantém na zona-fronteira" (Cixous e Wajsbrot, 2016, p. 34).

Passar para "o outro lado do muro" talvez seja pensar o trabalho do luto que toda a série em torno de Ève encena não como o luto do sepultamento do passado, mas como a intradução de seus rangidos, dos rangidos de suas ruínas e de seus tesouros, de suas relíquias, como a projeção dessas ruínas e relíquias numa *translation zone*, para evocar o título da ensaísta estadunidense Emily Apter (2006), isto é, numa "zona-fronteira" de tradução-translação, de onde sobreviventes podem, pela escrita, reabrir o futuro, esse lugar de onde o desejo as – e nos – chama e conclama.

A reconstrução de Osnabrück, à maneira dessa Arqueóloga do Corpo Terrestre de Ève, não se limita de modo algum, como de certa forma indiquei, ao retraçado de um romance familiar. Ela também imagina, desde o legado de Ève, a memória de muitos corpos e de muitas vidas, a maioria anônimos – as bruxas, as parteiras, as deportadas e deportados, tantos mortos, os assassinos e assassinados da história de tantas outras Osnabrücks.

Ao final do romance, no apartamento da mãe visitado pela autora-narradora após a sua morte, as malas não param de aparecer. Malas dentro das Malas.

> – A Mala preta com seu forro amarelo está na Mala! É a Arte de Ève. A Arca está na Arca. A Arte é quando o continente se torna o conteúdo. Diz minha filha.
> – Ela põe a mala dentro da mala. Trata a mala como um casaco, como um livro, assim como ponho todas as Osnabrücks inclusive *Osnabrück* em Osnabrück, digo
> – Ève é a pessoa no mundo que mais perdeu, diz meu filho
> – Eu nunca perco nada, diz minha mãe
> – Ève arruma tudo para não perder. A cada iminência ela partiu pondo tudo na mala, diz minha filha. (Cixous, 2025, p. 141)

Em sua última frase, fechando o romance, escreve Hélène: "Não sou eu quem fecha a tampa" (Cixous, 2025, p. 143). Sinal de que ainda restam muitas perdas por intraduzir e guardar.

Referências

APTER, Emily. *The Translation Zone*: A New Comparative Literature. New Jersey: Princeton University Press, 2006.

BRUNEL, Clovis. Encore enge, engeance, enger. In: *Romania*, tome 83, n. 332, p. 520-522, 1962.

CIXOUS, Hélène. La langue est le seul refuge. Entretien avec Bernard Leclerc. *La Quinzaine littéraire*, n. 793, p. 1-15, out. 2000.

CIXOUS, Hélène. *Ruines bien rangées*. Paris: Gallimard, 2020.

CIXOUS, Hélène. *Ruínas bem-comportadas*. Trad.: Marcelo Jacques de Moraes. Belo Horizonte: Relicário, 2025.

CIXOUS, Hélène; WAJSBROT, Cécile. *Une autobiographie allemande*. Paris: Christian Bourgois, 2016.

sobre a autora

Hélène Cixous (Orã, Argélia, 1937) é escritora, filósofa e dramaturga. Franco-argelina de origem judaica, trata-se de uma das vozes mais originais do pensamento e da literatura francesa contemporânea. Ao lado de Jacques Derrida, com quem manteve um vivo diálogo até (e mesmo após) a sua morte, Cixous participou, em 1969, da criação da Universidade de Vincennes (Paris 8), onde fundou o primeiro centro de estudos feministas da França. Conhecida por sua escrita experimental, entrelaçando a literatura, a filosofia e a psicanálise, articulou o conceito de "escrita feminina", que se tornou fundamental para os estudos literários e de gênero. De sua vasta produção ensaística e ficcional, atravessada pelas questões da identidade, da memória, do exílio e pela reivindicação de uma escuta radical do outro, encontram-se publicados no Brasil os seguintes títulos: *A chegada da escrita*, 1977 (2024); *Retrato de Dora*, 1983 (2024); *O riso da Medusa*, 1975 (2022); e *A hora de Clarice Lispector*, 1989 (2022). *Ruínas bem-comportadas* é o seu primeiro romance traduzido entre nós.

Dados Internacionais de Catalogação na Publicação (CIP) de acordo com ISBD

C582r

Cixous, Hélène

Ruínas bem-comportadas / Hélène Cixous; tradução por Marcelo Jacques de Moraes. – Belo Horizonte: Relicário, 2025.
160 p. : il. ; 14 x 21cm.

Título original: *Ruines bien rangées*
ISBN 978-65-5090-028-1

1. Literatura francesa. 2. Judeus – Perseguição – Alemanha. I. Moraes, Marcelo Jacques de. II. Título.

CDD: 840
CDU: 821.133.1

Elaborado pelo bibliotecário Tiago Carneiro – CRB-6/3279

COORDENAÇÃO EDITORIAL Maíra Nassif Passos
EDITOR-ASSISTENTE Thiago Landi
PROJETO GRÁFICO E CAPA Ana C. Bahia
DIAGRAMAÇÃO Cumbuca Studio
PREPARAÇÃO Raquel Silveira
REVISÃO Guilherme Ribeiro

CNL CENTRE NATIONAL DU LIVRE
FAPERJ Fundação Carlos Chagas Filho de Amparo à Pesquisa do Estado do Rio de Janeiro

/re.li.cá.rio/

Rua Machado, 155, casa 4, Colégio Batista | Belo Horizonte, MG, 31110-080
contato@relicarioedicoes.com | www.relicarioedicoes.com
relicarioedicoes relicario.edicoes

1ª EDIÇÃO [2025]

Esta obra foi composta em Charter e Trade Gothic Next e impressa sobre papel Ivory Bulk 65 g/m² para a Relicário Edições.